बचाया गया लेकिन खोया हुआ: अशिक्षित धर्मान्तरित - हिंदी संस्करण

"उसे पांच बार बचाया गया... लेकिन एक बार भी शिष्य नहीं बनाया गया।"

एक कहानी जो स्वर्ग के हृदय विदारक दर्द और चर्च की आशा को उजागर करती है।

द्वारा

राजदूत सोमवार ओ. ओग्बे ; आराम लाडी ओग्बे ; ज़कारियास गॉडसीगल

Table of Contents

कॉपीराइट पृष्ठ

बचाया गया लेकिन खोया: अशिक्षित धर्मान्तरित

प्रकाशक:
ज़कारियास गॉडसीगल और गॉड्स ईगल मिनिस्ट्रीज़

लेखक:
ज़कारियास गॉडसीगल
कम्फर्ट लाडी ओगबे
राजदूत सोमवार ओ. ओगबे

यह पुस्तक ईसाई धर्म और प्रेरणा से प्रेरित है। यद्यपि सटीकता सुनिश्चित करने का हर संभव प्रयास किया गया है, फिर भी लेखक

अमेरिका के संयुक्त राज्य अमेरिका में छपी।

पुस्तक के बारे में - बचाया गया लेकिन खोया: अनुशासनहीन धर्मान्तरित

क्या होगा जब मोक्ष एक कहानी न होकर एक आंकड़ा बन जाएगा?

नैरोबी के मध्य में, एक भावुक पादरी शक्तिशाली वेदी आह्वानों पर एक विशाल चर्च का निर्माण करता है। हर रविवार, हज़ारों लोग हाथ उठाते हैं—लेकिन बहुत कम लोग विश्वास में उठते हैं। एक खोजी विश्वविद्यालय की छात्रा, अनीता वम्बुई, बार-बार जवाब देती है—पाँच बार "बचाई" गई, लेकिन एक बार भी शिष्य नहीं बनी।

जब उसकी मदद के लिए पुकार इंटरनेट पर फैलती है, तो यह एक महाद्वीप के भ्रम को तोड़ देती है और स्वर्ग के दिल को हिला देती है।

अनीता, पास्टर एस्तेर, रूथ और कुछ विनम्र लोगों के जीवन के माध्यम से, यह भविष्यसूचक कहानी एक खतरनाक सत्य को उजागर करती है: **निर्णय शिष्य नहीं बनाते - रिश्ते बनाते हैं।**

अफ्रीका और उसके बाहर की वास्तविक घटनाओं से प्रेरित होकर, *सेव्ड बट लॉस्ट* एक सिनेमाई दृष्टांत है जो चर्चों, पादरियों और विश्वासियों को यीशु के हृदय की ओर लौटने के लिए कहता है - जहां जागृति जड़ों से शुरू होती है, न कि जल्दबाजी से।

📖 *"क्योंकि तू गुनगुना है... मैं तुझे उगल दूँगा।" — प्रकाशितवाक्य 3:16*

क्या हम उसके साथ चलने के लिए पर्याप्त समय तक धीमे रहेंगे?

पेपरबैक बैक कवर विवरण

क्या होगा यदि बचा लिया जाना कभी पर्याप्त न हो?

सेव्ड बट लॉस्ट अनीता वम्बुई - एक युवा महिला जो पांच बार "फिर से जन्मी" लेकिन एक बार भी शिष्य नहीं बनी - और पादरी एस्तेर म्वांगी, एक उग्र प्रचारक, जिसका तेज प्रचार यीशु के मार्ग की धीमी सच्चाई से टकराता है, का अनुसरण करता है।

नैरोबी के चमकते मेगा चर्चों से लेकर पेड़ों के नीचे शांत शिष्य मंडलियों तक, यह दिलचस्प कहानी आधुनिक चर्च के सबसे बड़े अंधे स्थान को उजागर करती है: चमकती वेदियों के नीचे उथली जड़ें।

जब अनीता की वायरल गवाही एक राष्ट्र को उलट-पुलट कर देती है, तो एक अवशेष उठ खड़ा होता है - पादरी पश्चाताप करते हैं, शिष्य उभर कर आते हैं, और मसीह अपनी दुल्हन को पुनः प्राप्त कर लेता है।

सच्ची घटनाओं से प्रेरित एक भविष्यसूचक और गहन भावनात्मक कहानी, *सेव्ड बट लॉस्ट* प्रत्येक विश्वासी, नेता और साधक को भूले हुए आदेश को पुनः खोजने के लिए बुलाती है: **"जाओ और शिष्य बनाओ।"**

अफ्रीका से लेकर राष्ट्रों तक, एक नया आंदोलन शुरू हो रहा है - अधिक जोर से नहीं, बल्कि अधिक गहराई से।

क्योंकि स्वर्ग हाथों को नहीं, बल्कि दिलों को गिनता है।

कीवर्ड

1. ईसाई शिष्यत्व उपन्यास
2. अफ़्रीकी ईसाई कथा साहित्य
3. आधुनिक चर्च दृष्टान्त
4. उद्धार और शिष्यत्व की कहानी
5. प्रेरणादायक ईसाई नाटक
6. आस्था-आधारित परिवर्तन की कहानी
7. रिश्ते के माध्यम से पुनरुत्थान

- "शिष्यत्व और आध्यात्मिक विकास के बारे में ईसाई कल्पना"
- "मुक्ति और विश्वास के बारे में अफ़्रीकी ईसाई नाटक"
- "आधुनिक चर्च के बारे में आस्था-आधारित प्रेरणादायक उपन्यास"
- "ऐसी कहानियाँ जो धर्मांतरित और शिष्यों के बीच का अंतर सिखाती हैं"
- "मार्गदर्शन, परिवर्तन और पुनरुत्थान के बारे में ईसाई पुस्तकें"
- "उथले विश्वास और गहरी जड़ों पर भविष्यसूचक ईसाई कहानियाँ"
- "पादरियों और नेताओं के लिए वास्तविक शिष्यत्व पर पुस्तकें"

समर्पण

मसीह की देह के लिए ,
जो कभी-कभी सुनने से अधिक जोर से चिल्लाती है - जो धर्म परिवर्तन करने वालों की गिनती करती है लेकिन नाम भूल जाती है - और फिर भी, अनुग्रह के माध्यम से, अभी भी यीशु की दस्तक सुनती है।

प्रत्येक **अनीता को** - खोजी, ईमानदार और अनदेखी -
और प्रत्येक **एस्तेर को** - जो बुलायी गयी है, प्रतिभाशाली है, लेकिन फिर से उसके चरणों में बैठना सीख रही है।

शिष्य बनाने वाली अगली पीढ़ी के लिए ,
जो मीनारें नहीं, मेजें बनाएंगे - और हैशटैग नहीं, हृदयों को सिखाएंगे।

यह कार्य आपको समर्पित है।
आप महान आदेश की पूर्णता में चलें—तेज़ गति से नहीं, बल्कि *गहराई से*।

आभार

हर कहानी जो दिलों को जगाती है, स्वर्ग से आती एक फुसफुसाहट से शुरू होती है। *बचाए गए लेकिन खोए हुए: शिष्यत्व श्रृंखला का* जन्म केवल रचनात्मकता से नहीं, बल्कि एक बोझ से हुआ था - विश्वासियों को जड़ जमाए हुए देखना, न कि जल्दबाज़ी में; शिष्य बनते हुए, न कि केवल बचा हुआ घोषित होते हुए।

हमारी गहरी कृतज्ञता निम्नलिखित के प्रति है:

- **प्रभु यीशु मसीह** , जो अभी भी दरवाजे पर खड़ा है और दस्तक दे रहा है - अपनी कलीसिया को प्रेम और परिवर्तन के धीमे कार्य के लिए वापस बुला रहा है।
- **पवित्र आत्मा** , हमारा शिक्षक और मार्गदर्शक, जिसके विश्वास से सच्ची शिष्यता का जन्म होता है।
- **कम्फर्ट लेडी ओगबे** , मेरी प्रिय पत्नी और सह-कर्मी, जिनकी आवाज़, प्रार्थना और अंतर्दृष्टि इस श्रृंखला में प्रत्येक चिंतन और प्रार्थना में कोमलता भर देती है।
- **गॉड्स ईगल मिनिस्ट्रीज (जीईएम) ग्लोबल टीम** , जिसके समर्पण, रचनात्मकता और अटूट विश्वास ने लेखन, फिल्म और प्रौद्योगिकी के माध्यम से इस दृष्टि को जीवंत बना दिया।
- अफ्रीका, अमेरिका, एशिया, यूरोप और उससे भी आगे के प्रत्येक शिष्य-निर्माता, मध्यस्थ और विश्वासी के लिए - जो प्रदर्शन के स्थान पर गहराई के संकीर्ण मार्ग को चुनते हैं।

यह आपके लिए है - प्रेम, सत्य और शक्ति में बढ़ते हुए बचे हुए लोगों के लिए।

राजदूत मंडे ओ. ओगबे
राष्ट्रीय परिवर्तन रणनीतिकारगॉड्स ईगल मिनिस्ट्रीज़ - जीईएम

प्रस्तावना

जब निर्णयों ने शिष्यत्व का स्थान ले लिया

मत्ती 28:19 | लूका 6:46–49 | प्रकाशितवाक्य 3:20

“देख, मैं द्वार पर खड़ा हुआ खटखटाता हूँ…”
— *प्रकाशितवाक्य 3:20*

राष्ट्रों भर में, मैंने वेदियों पर उमड़ती भीड़, आँसू बहते, हाथ उठते और हृदय में हलचल देखी है। पादरी आनन्दित होते हैं, आँकड़े बढ़ते हैं, और फिर भी — जब संगीत धीमा हो जाता है — सन्नाटा छा जाता है।
बहुत से लोग जो वेदिका से शुरुआत करते हैं, वे क्रूस पर कभी आगे नहीं बढ़ते। हम *निर्णयों का जश्न मनाते हैं*, लेकिन *शिष्यत्व की उपेक्षा करते हैं*।
हम *संख्याएँ गिनते हैं*, लेकिन *नाम भूल जाते हैं*।

यह किताब, *"सेव्ड बट लॉस्ट"*, उसी दर्द से जन्मी है—अनीता जैसे अनगिनत विश्वासियों का दर्द, जिन्हें यीशु से तो परिचित कराया गया, लेकिन *उनके साथ चलने के लिए कभी आमंत्रित नहीं किया गया*। मैंने अफ्रीका, एशिया, अमेरिका और उसके बाहर सैकड़ों लोगों से मुलाकात की है—सभी एक ही मौन पुकार गूँजते हैं:

“मुझे बचा लिया गया… लेकिन मुझे कभी यह नहीं बताया गया कि कैसे जीना है।”

आधुनिक कलीसिया ने गति में महारत हासिल कर ली है—तेज़ विकास, तेज़ परिणाम, तेज़ धर्मांतरण। लेकिन यीशु ने हमें कभी जल्दी करने के लिए नहीं कहा; उन्होंने हमें अनुसरण करने के लिए बुलाया। महान आदेश ने यह नहीं कहा, *"जाओ और धर्मांतरण करो।"* उसने कहा,

"जाओ और चेले बनाओ..." (मत्ती 28:19)

और शिष्यत्व एक क्षण नहीं है - यह एक **यात्रा है** ।

वापसी का आह्वान

हर पीढ़ी में, ईश्वर एक पुकार उठाता है—यह याद दिलाता है कि हमने क्या खोया है।
आज, वह पुकार स्पष्ट है: **"अपनी जड़ों की ओर लौटो।"**

हमारी ज्योतियाँ हमारे प्रेम से भी अधिक उज्ज्वल हो गई हैं।
हमारे मंच उसके सामने हमारी चुप्पी से भी अधिक मुखर हो गए हैं।
और हमारी कलीसियाएँ, यद्यपि भरी हुई हैं, प्रायः आध्यात्मिक रूप से भूखी हैं।

परमेश्वर की आत्मा हर जगह के नेताओं, पादरियों, सुसमाचार प्रचारकों और विश्वासियों को धीमा होने के लिए बुला रही है - *जड़ों के लिए दौड़*, *गठन के लिए प्रसिद्धि* और *पवित्रता के लिए प्रचार*।

हमें आत्मिक अनाथों को पैदा करना बंद करना होगा और राज्य में बेटे-बेटियों का पालन-पोषण करना शुरू करना होगा।

हमारे समय का दर्पण

अनीता की कहानी कोई कल्पना नहीं है — यह एक आईना है।
यह नैरोबी को तो दर्शाती है, हाँ — लेकिन लागोस, लंदन, मनीला, मेक्सिको सिटी, न्यूयॉर्क और यरुशलम को भी दर्शाती है। यह हर उस संगति को दर्शाती है जहाँ हाथ तो प्रार्थना में उठे हैं, लेकिन दिल अभी भी भटक रहे हैं।

यह हमसे पूछता है:

- क्या हम उन्हें यीशु के पास लाए या अपने पास?
- क्या हमने उन्हें उसकी वाणी सिखाई या केवल अपने कार्यक्रम?
- क्या हम उनके दर्द में उनके साथ चले, या उनके आंसुओं के बीच उपदेश दिया?

बिना रिश्ते के पुनरुत्थान का भ्रम ख़तरनाक है।
भीड़ भले ही जयकार करे, लेकिन स्वर्ग फिर भी रो सकता है।

ईश ने कहा,

"बहुत से लोग मुझ से कहेंगे, 'हे प्रभु, हे प्रभु...' परन्तु मैं कहूँगा, 'मैंने तुम्हें कभी नहीं जाना।'"
(मत्ती 7:22-23)

यह निंदा नहीं है - यह एक निमंत्रण है।
गहराई की ओर, *शिष्यत्व की ओर*, और *सच्चे परिवर्तन के द्वार की ओर* लौटने का निमंत्रण ।

भविष्यसूचक क्षण

जब मैं इस कार्य के लिए प्रार्थना कर रहा था, तो प्रभु ने मेरे हृदय से कहा:

"सोमवार, मेरे चर्च ने वेदी पर बुलावा तो सीख लिया है, लेकिन आगे की कार्रवाई भूल गया है।
वे उन्हें जन्म तो देते हैं, लेकिन खून बहने देते हैं। उनसे कहो - मैं अभी भी दस्तक दे रहा हूँ।"

तब मुझे एहसास हुआ कि शिष्यत्व कोई रणनीति नहीं है — यह एक बचाव अभियान है।
हर अशिष्य धर्मांतरित व्यक्ति एक भटकती हुई आत्मा है — निराशा से एक निर्णय दूर, एक अनुत्तरित प्रश्न दूर, दूर चले जाने से।

इसीलिए *सेव्ड बट लॉस्ट का* अस्तित्व है:
हमें यह दिखाने के लिए कि जब बिना किसी चरवाही के उद्धार की पेशकश की जाती है तो क्या होता है। हमें यीशु की भूली हुई आज्ञा के प्रति जागृत करने के लिए - *"मेरी भेड़ों को खिलाओ।"*

जागृति शुरू हो गई है

दुनिया भर में, एक अवशेष उभर रहा है।
पेड़ों के नीचे, कक्षाओं में, घरों में, छोटे-छोटे समूहों में विश्वासी फिर से इकट्ठा हो रहे हैं, मनोरंजन के लिए नहीं, बल्कि रूपान्तरण के लिए।

मेरे साथ चलने का सच्चा सुसमाचार वापस आ रहा है।

यह वह आंदोलन है *जिसे सेव्ड बट लॉस्ट* दर्शाता है - धीमा होने, उसके चरणों में बैठने और उसके मार्गों पर चलने का आह्वान।

आपके लिए मेरी प्रार्थना

पढ़ते समय जल्दबाज़ी न करें। हर अध्याय को अपने पीछे पढ़ने दें। अनीता में खुद को देखें। एस्तेर में अपनी सेवा देखें। रूत में अपनी पीढ़ी को देखें।

और जब अंतिम पृष्ठ पलटेगा, तो आपकी अपनी कहानी शुरू हो - यीशु के साथ एक-एक कदम चलने की कहानी।

यह सिर्फ़ एक किताब नहीं है—यह स्वर्ग से एक आह्वान है।
आत्मा अभी भी कह रही है,

"देखो, मैं द्वार पर खड़ा हूँ और खटखटा रहा हूँ..."

क्या आप खोलेंगे?

अनुग्रह और सच्चाई के साथ,

राजदूत मंडे ओ. ओगबे
राष्ट्रीय परिवर्तन रणनीतिकार
संस्थापक - गॉड्स ईगल मिनिस्ट्रीज़ (जीईएम)
www.otakada.org

सिनेमाई प्रस्तावना

"बच गए... लेकिन खो गए"

लूका 8:13 | यूहन्ना 8:31–32 | मत्ती 23:15

नैरोबी में दोपहर का सूरज चमक रहा था।
खुले मैदान में भीड़ जमा थी—झंडे लहरा रहे थे, संगीत गूँज रहा था, और हवा जयजयकार के नारों से गूंज रही थी। मंच की रोशनियाँ चमकते हुए चमचमाते वाद्य यंत्रों से टकरा रही थीं, तभी एक महिला हाथ में माइक्रोफ़ोन लिए आगे बढ़ी—उसकी आवाज़ ज़ोरदार थी, उसका जुनून बेकाबू था।

"अगर तुम यीशु को अपने जीवन में चाहते हो," वह चिल्लाई,
"तो अभी आओ! अपने भाग्य में देरी मत करो!"

भीड़ उमड़ पड़ी।
ढोल बजने लगे। लोगों का सैलाब मंच की ओर उमड़ पड़ा - रोते हुए, हाथ उठाते हुए, भावनाओं में काँपते हुए।

उनमें से एक थीं **अनीता वम्बुई** , एक युवा विश्वविद्यालय छात्रा, जिसकी आँखें खोजी हुई थीं।
वह अवसाद, दिल टूटने और ऐसे सवालों से जूझ रही थी जिनका जवाब कोई व्याख्यान नहीं दे सकता था। उस दोपहर, वह दौड़ती हुई आगे बढ़ी, उसकी आँखों से आँसू बह रहे थे।

एक परामर्शदाता ने उसे गले लगाया, फुसफुसाया, "परिवार में आपका स्वागत है,"
और अगले हाथ उठाने वाले की ओर बढ़ गया। किसी ने उसका नाम नहीं पूछा। किसी ने उसकी कहानी नहीं पूछी।

उस रात वह एक छोटा-सा पैम्फलेट पकड़े हुए घर लौटी: *"अब तुम बच गए।"*
उसका दिल उम्मीद से काँप उठा— *शायद इस बार कुछ अलग होगा।*

लेकिन एक महीने बाद, एक और धर्मयुद्ध शुरू हुआ।
एक अलग उपदेशक। एक अलग आह्वान। वही भीड़। वही भावनाएँ।
और फिर, अनीता आगे दौड़ी - रोती हुई, पछताती हुई, फिर से प्रतिबद्ध।

"यीशु के लिए एक और आत्मा!" उपदेशक चिल्लाया।
भीड़ ने जयकारे लगाए। कैमरे क्लिक करने लगे। हैशटैग ट्रेंड करने लगे।

पिछले धर्मयुद्ध में उसे कोई नहीं पहचान पाया था।

हफ़्ते महीनों में बदल गए।
पाँच अलग-अलग कलीसियाएँ। पाँच अलग-अलग "मुक्ति"। पाँच अलग-अलग वेदियाँ।

हर बार उससे कहा जाता था, "अब तुम नई हो - तुम्हारा अतीत चला गया है।"
लेकिन उसका अतीत फिर भी उसके घर तक आता था।

अकेली रातें लौट आईं।
वासना ने अपनी पकड़ मज़बूत कर ली। पुराने ज़ख्म फिर से खुल गए।
उसने प्रार्थना की, उपवास किया, पाप स्वीकार किया - फिर भी कुछ नहीं बदला।

“उन्होंने मुझसे कहा कि मैं दोबारा पैदा हुई हूँ...”
उसने एक रात छत की ओर देखते हुए फुसफुसाते हुए कहा, “लेकिन मैं अब भी हर रात क्यों रोती हूँ? मैं इतना अकेला क्यों महसूस करती हूँ?”

एक चर्च में, उन्होंने उसे नाटक टीम के लिए तैयार किया।
दूसरे में, उन्होंने उसे एक श्लोक याद करने को कहा। एक और चर्च के नेता ने उससे कहा, "ज़रा और ज़ोर से प्रार्थना करो—तुम्हें बेहतर महसूस होगा।"

किसी ने उसकी मुस्कान के पीछे छिपी घबराहट नहीं देखी।
किसी ने उसकी आँखों में संघर्ष नहीं देखा।

बंद दरवाजों के पीछे, वह इनसे जूझती रही:

- **वासना** जो हर एकांत रात में जलती रहती है।
- **डर** फुसफुसा रही थी वह पर्याप्त नहीं था।
- **आघात** के बारे में उसने कभी किसी को नहीं बताया।
- **गपशप** जिसने उसे अलग-थलग कर दिया।
- **संदेह है** कि भगवान ने सचमुच उसे बचाया था।

पाँच चर्च।
पाँच जयकारे। पाँच उथले आलिंगन। लेकिन एक भी शिष्य नहीं।

एक रात, चर्च में एक नाटक प्रदर्शन के दौरान,
अनीता मंच के पीछे रो पड़ी - कांपने लगी, बेकाबू होकर रोने लगी।

एक साथी अभिनेता ने उलझन में देखा।

"क्या हुआ?"
"मुझे अब समझ नहीं आ रहा कि मैं कौन हूँ," वह सिसकते हुए बोली।
"मैं अंदर से बहुत टूट चुकी हूँ।"

अभिनेता थोड़ा हिचकिचाया, फिर धीरे से बोला,

“बहन, बस अन्य भाषाओं में प्रार्थना करो।”

उसने कोशिश की -
लेकिन शब्द खाली रहे ।

उस रात, जब तालियों और रोशनी के साथ प्रार्थना सभा समाप्त हुई, अनीता चुपचाप बगल के दरवाजे से बाहर निकल गई - किसी का ध्यान नहीं गया, किसी ने उसे देखा नहीं, किसी ने कुछ नहीं किया।

बाहर बारिश शुरू हो गई।
भीड़ का शोर उसके पीछे धीरे-धीरे गूँज रहा था—बिना मौजूदगी के प्रशंसा, बिना जुड़ाव के जश्न।

"पुनरुत्थान के शोर में, वह उपेक्षा के सन्नाटे में खो गई थी।
वेदिका ने उसे पुकारा - पर कोई भी उसके घर नहीं आया।"

यीशु की आवाज़ (कोमल, गहरी):

"तुमने उन्हें तेज़ी से इकट्ठा किया — लेकिन तुम उनके साथ कभी धीमे नहीं चले।
तुमने उन्हें रोशनी दी — लेकिन जड़ें नहीं।"

चर्च के अंदर बारिश में गायब हुई , स्क्रीन पर चमक उठी:

'ग्लोरी पाथ चर्च - इस महीने 5,000 आत्माओं को बचाया गया!'

लेकिन स्वर्गीय काउंट ने एक और कहानी बताई।

"और यीशु द्वार पर खड़ा था -
खटखटा रहा था, प्रतीक्षा कर रहा था, रो रहा था।"

यहीं से सब कुछ शुरू होता है।
एक आत्मा की कहानी जो यीशु से पाँच बार मिली—पर एक बार भी किसी शिष्य से नहीं मिली।

यह एक चर्च की कहानी है जो तेजी से भागा -
और एक उद्धारकर्ता की जो स्थिर खड़ा रहा।

की कहानी ... *लेकिन खो जाने की।*

इस श्रृंखला का उपयोग कैसे करें

यह श्रृंखला **एक कहानी और एक शिष्यत्व यात्रा दोनों है।**
आप इसका उपयोग इस प्रकार कर सकते हैं:

1. 🎬 **एक फ़िल्म श्रृंखला** - 12 सिनेमाई एपिसोड में से प्रत्येक को, हर हफ़्ते एक, देखें। साथ में दिए गए प्रश्नों और प्रार्थनाओं का उपयोग करके चिंतन और चर्चा करें।
2. 📕 **एक भक्ति पुस्तक** - प्रति सप्ताह या प्रतिदिन एक एपिसोड पढ़ें। धर्मग्रंथ पर मनन करें, राजदूत अंतर्दृष्टि के माध्यम से चिंतन करें, और प्रार्थना और घोषणा के साथ समापन करें।
3. 🕊 **एक शिष्यत्व पाठ्यक्रम** - छोटे समूहों, कलीसियाओं या मंत्रालयों के लिए। प्रत्येक एपिसोड एक सक्रियण प्रश्न और एक सामूहिक प्रार्थना के साथ समाप्त होता है।
4. 🎧 **मीडिया श्रृंखला - राजदूत मंडे और कम्फर्ट** ओगबे द्वारा वीडियो प्रतिबिंबों का उपयोग सोशल मीडिया या मंत्रालय प्रसारण में साप्ताहिक भक्ति के रूप में करें।

🔄 सुझाया गया साप्ताहिक प्रवाह

दिन	केंद्र
दिन 1	एपिसोड देखें/पढ़ें (कहानी + शास्त्र)
दिन 2	राजदूत की अंतर्दृष्टि पर विचार करें

दिन	केंद्र
तीसरा दिन	प्रार्थना करें और घोषणा करें
दिन 4–5	अपने समूह या परिवार के साथ चर्चा करें और आवेदन करें
दिन 6	उस सप्ताह के पाठ का उपयोग करके किसी की सेवा करें या उसे गवाही दें
दिन 7	आराम करें और सुनें – परमेश्वर क्या कह रहा है, इसे लिखें

वैश्विक आंदोलन के साथ यात्रा कैसे करें

दुनिया भर के अन्य विश्वासियों से जुड़ें:
www.otakada.org
#SavedButLostSeries #DiscipleshipNotDecision #GodsEagleMinistries Ambassador Monday और Comfort
Ogbe द्वारा साप्ताहिक प्रतिबिंबों के लिए सदस्यता लें ।

इस यूट्यूब लिंक के माध्यम से -
https://www.youtube.com/@AmbassadorMondayogbe
भविष्य के सभी एपिसोड इसी चैनल पर होंगे

"सेव्ड बट लॉस्ट" पर एंकर वीडियो यूट्यूब लिंक -
https://youtu.be/qjewKKJLSKQ?si=hiblhmr9O75rmmqK

महान आयोग फाउंडेशन

मत्ती 28:18–19

“इसलिये तुम जाओ और सब जातियों के लोगों को चेला बनाओ और उन्हें पिता, पुत्र और पवित्र आत्मा के नाम से बपतिस्मा दो।”

यह आह्वान धर्मांतरित लोगों की गिनती करने का नहीं है, बल्कि राष्ट्रों को शिष्य बनाने का है।

परिचय

अफ़्रीकी धूप में एक विशाल मैदान। अनगिनत लोग समर्पण में हाथ उठाए, उनके चेहरों पर आँसू बह रहे हैं। पादरी चिल्ला रहे हैं, "एक और जान बच गई!" कैमरे चमक रहे हैं। हैशटैग ट्रेंड कर रहे हैं।
लेकिन परछाईं में — एक युवती अकेली खड़ी है। उसकी आँखें किसी ऐसे व्यक्ति को ढूँढ़ रही हैं जो उसके साथ चले। कोई नहीं आता।
उसका नाम **अनीता है।**
यह कोई कल्पना नहीं — एक आईना है।

"विभिन्न महाद्वीपों में, हमने धर्मांतरण को तो सिद्ध कर लिया है, लेकिन निरंतरता को नज़रअंदाज़ कर दिया है।
हमने निर्णयों के लिए मंच तो बनाए हैं—लेकिन शिष्यत्व के लिए बहुत कम मेज़ें बनाई हैं। हमने अपनी इमारतें तो भर ली हैं—लेकिन अपने दिल खाली कर लिए हैं।"

आधुनिक चर्च शोरगुल वाला, तेज़ और चमकदार है। वेदियों पर पुकारों का सैलाब उमड़ पड़ता है। रोशनियाँ चकाचौंध करती हैं। लेकिन तालियों के नीचे एक खामोश दर्द छिपा है—उखड़ा हुआ विश्वास, अनुशासनहीन विश्वासी और खंडित आत्माएँ।
अनीता की तरह कई लोग *"बचाए तो गए हैं, पर खो गए हैं"* —उन्हें यीशु से परिचित तो कराया गया है, पर उनके साथ यात्रा करने का निमंत्रण नहीं दिया गया है।

"यह किताब आँसुओं से जन्मी है—सिद्धांत से नहीं।
मैंने जितने भी पुनरुत्थान देखे, उनमें मैंने देखा कि फैसले बढ़ते गए, लेकिन शिष्य कम होते गए। पवित्र आत्मा ने मुझसे एक सवाल पूछा:
'सोमवार, क्या उन्हें पाप से बचाया जा रहा है या सिर्फ़ ऊब से?'
उस सवाल ने मुझे झकझोर दिया—और इस सफ़र की शुरुआत हुई।"

"देखो, मैं दरवाज़े पर खड़ा हूँ और दस्तक दे रहा हूँ।
तुमने बड़ी-बड़ी दीवारें तो बना लीं, लेकिन अंदर का रास्ता भूल गए।
मुझे फिर से अंदर आने दो - गिनती करने के लिए नहीं, बल्कि बातचीत करने के लिए।"

नैरोबी से न्यूयॉर्क तक, साओ पाउलो से सियोल तक - लाखों लोग "ईसाई" नाम रखते हैं,
फिर भी गुप्त व्यसनों, आघात और विश्वास के बारे में भ्रम से जूझते हैं।
उन्हें **मोक्ष से परिचित कराया गया था** , **परिवर्तन में दीक्षित नहीं किया गया था।**

कई कलीसियाओं में, सुसमाचार प्रचार ने रिश्तों की जगह ले ली है। अनुग्रह की जगह विकास ने ले ली है। और जो लोग कभी जड़ नहीं जमा पाए, वे हर तूफ़ान के साथ बहते चले जाते हैं।

"यह किताब कोई निंदा नहीं है। यह एक चेतावनी है।
यह पादरियों के लिए एक दर्पण है, शिष्यों के लिए एक नक्शा है, और स्वर्ग से एक दया की पुकार है।"

क्यों:

सेव्ड बट लॉस्ट एक कहानी से कहीं बढ़कर है—यह एक भविष्यसूचक दर्पण है।
हमारे युग का एक सिनेमाई दृष्टांत। यह हम सभी से पूछता है: "क्या हमने सचमुच शिष्य बनाए... या सिर्फ़ निर्णय लिए?" "क्या हम उनके साथ चले, या उनका अभिवादन किया?" "क्या हमने गहराई से निर्माण किया, या सिर्फ़ व्यापक निर्माण किया?"

"चर्च में सबसे बड़ा संकट अनैतिकता नहीं, बल्कि अपरिपक्वता है। और इसका एकमात्र इलाज... शिष्यत्व है।"

निमंत्रण:

“मेरे पीछे आओ... केवल वेदी तक ही नहीं, बल्कि घाटी से होकर।”

तो आइए – अनीता के साथ चलें। एस्तेर के साथ चलें। रूथ के साथ चलें।

खुद को उनकी यात्रा में देखें। और जब कहानी खत्म हो – तो अपनी यात्रा शुरू करें।"

ध्वनि: लुप्त होती गायन मंडली; धीमी धड़कन; नैरोबी क्षितिज पर भोर का प्रकाश।

पाठकों का निमंत्रण:

पढ़ने के बाद, अगला कदम उठाएँ:
यीशु के साथ 40-दिवसीय यात्रा में शामिल हों – श्रृंखला 1

या इस लिंक का उपयोग करें - https://www.otakada.org/get-free-40-days-online-discipleship-course-in-a-journey-with-jesus/

शिष्यत्व के डीएनए के साथ जारी रखें – श्रृंखला 2

या इस लिंक का उपयोग करें - https://www.otakada.org/get-free-40-days-dna-of-discipleship-journey-with-jesus-series-2/

राजदूत मंडे ओ. ओगबे (समापन):

"यह सिर्फ़ एक कहानी नहीं है। यह एक आह्वान है।
क्योंकि यीशु अभी भी दस्तक दे रहे हैं... और इस बार, वह जड़ों से पुकार रहे हैं।"

अध्याय 1 - *भ्रम*

लूका 10:38–41 | मत्ती 23:15 | प्रकाशितवाक्य 2:4–5

नैरोबी के बीचों-बीच ग्लोरी पाथ चर्च हीरे की तरह चमक रहा था। इसकी काँच की दीवारें सूरज की रोशनी को सोख रही थीं और उसे हज़ारों टुकड़ों में बिखेर रही थीं जो पॉलिश किए हुए फर्श पर नाच रहे थे। हवा उत्साह से गूंज रही थी जब पाँच हज़ार लोग आगे की ओर बढ़ रहे थे, और चलती रोशनियों की छतरी के नीचे उनकी आवाज़ें प्रार्थना में ऊँची उठ रही थीं।

पादरी एस्तेर म्वांगी मंच पर खड़ी थीं—तेजस्वी, प्रभावशाली, 42 साल की और जोश से भरी हुई। उनके उपदेश जोशीले थे, उनकी वेदी की पुकारें मशहूर थीं। हर रविवार एक तमाशा होता था। हाथ ऊपर उठ जाते थे। आँसू बहते थे। "हालेलुयाह!" के नारे पूरे हॉल में गूँज उठते थे। यह एक पुनरुत्थान था—या यूँ ही लग रहा था।

उसके ऊपर एक विशाल स्क्रीन पर चर्च का नारा प्रदर्शित था:

"विश्वास उपवास: भाग्य में कोई देरी नहीं।"

सोशल मीडिया पर, हैशटैग **#GlorySaved** हर हफ़्ते ट्रेंड करता रहा। हर वेदी कॉल का लाइवस्ट्रीम किया गया, हर फ़ैसले को रिकॉर्ड किया गया। हर रविवार को संख्या बढ़ती गई, और एस्तेर की सेवा में तेज़ी आई।

भीड़ में एक युवती भी थी— **अनीता वम्बुई** , एक चमकदार आँखों वाली विश्वविद्यालय की छात्रा, जिसके सवाल इतने गहरे थे कि तुरंत

जवाब देना मुश्किल था। वह खामोशी और परछाईं में पली-बढ़ी थी, ऐसे ज़ख्म लिए हुए जो किसी ने नहीं देखे। जब उसने पादरी एस्तेर को पुकारते सुना, "अभी यीशु के पास आओ—आज तुम्हारा अतीत समाप्त हो गया!" तो अनीता का दिल तेज़ी से धड़कने लगा। उसके दिमाग से पहले ही उसके पैर चल पड़े। वह आँसू बहाते हुए, हाथ उठाए आगे दौड़ी।

उन्होंने उसके लिए प्रार्थना की। कैमरों की चमक दिखाई दी। द्वारपाल गिनती कर रहे थे।

“मसीह के लिए एक और आत्मा जीती गई!”

हॉल में तालियाँ गूँज उठीं।
अनीता मंद-मंद मुस्कुराई। महीनों में पहली बार उसे लगा कि उसे देखा जा रहा है।

लेकिन जैसे ही सेवा समाप्त हुई, उसने स्वयं को फिर से अकेला पाया - कोई फॉलोअप नहीं, कोई मित्र नहीं, कोई भी नहीं जो उसकी कहानी पूछे।

एक हफ़्ते बाद, उसकी चमक फीकी पड़ गई। अवसाद फिर से छा गया। उसने प्रार्थना की, रोई, फिर से पश्चाताप किया—लेकिन कुछ नहीं बदला।

फिर एक और जागृति आई। एक नया उपदेशक। और तेज़ आवाज़। अनीता फिर गई - उम्मीद थी कि इस बार यह सिलसिला चलता रहेगा। वही आँसू, वही शब्द, वही तालियाँ।

“तुम एक नई रचना हो!” वे चिल्लाये।

कुछ दिनों तक तो उसने इस पर यकीन किया।
फिर वह फिर से पुरानी आदतों, पुराने विचारों, पुराने दर्द में डूब गई।

पाँच कलीसियाओं के बाद, अनीता पाँच बार "बचाई" जा चुकी थी। हर बार, एक नई भीड़ तालियाँ बजाती थी। हर बार, उसका सम्मान किया जाता था—परन्तु उसे कभी शिष्य नहीं बनाया जाता था।

किसी ने नहीं पूछा, "क्या तुम मोक्ष को समझती हो?"
बचपन में हुए दुर्व्यवहार के आघात से गुज़रते समय कोई भी उसके साथ नहीं चला। किसी ने भी उसकी वासना, अकेलेपन और आत्म-क्षति से जूझने की उसकी कोशिशों पर ध्यान नहीं दिया।

उन्होंने उसे चर्च के लिए नए कपड़े दिए, उसे पवित्र शास्त्र के उद्धरण देना सिखाया और नाटक टीम में आमंत्रित किया। लेकिन अंदर ही अंदर अनीता की उलझनें कम होती जा रही थीं।

एक रविवार, एक प्रदर्शन से पहले, मंच के पीछे, उसके हाथ बेकाबू होकर काँपने लगे। उसकी छाती अकड़ गई। वह साँस नहीं ले पा रही थी। आँसू बह रहे थे और वह एक साथी कलाकार से फुसफुसा रही थी,

"मुझे नहीं पता मैं कौन हूँ। मैं अंदर से बहुत टूटा हुआ हूँ।"

लड़की उसे खाली नजरों से देखती रही।

"बहन, बस अन्य भाषाओं में प्रार्थना करो।"

अनीता ने कोशिश की, लेकिन शब्द खोखले लग रहे थे।

मंच से तालियाँ फिर गूँजीं - लेकिन अंदर ही अंदर वह टूट रही थी।

हर हफ़्ते, चर्च संख्याओं का जश्न मनाता था। हर महीने, नए आँकड़े स्क्रीन पर दिखाई देते थे। आत्माएँ बचाई जाती थीं। बपतिस्मा दर्ज किए जाते थे। हैशटैग ट्रेंड करते थे।

लेकिन यीशु चुपचाप पीछे खड़े होकर दस्तक दे रहे थे।
संगीत के शोर के बीच किसी ने उनकी आवाज़ नहीं सुनी।

वे फ़ैसलों की गिनती में इतने व्यस्त थे कि वे भक्ति विकसित करना ही भूल गए।
फल पैदा करने की इतनी चाहत में कि उन्होंने कंक्रीट पर पौधे रोप दिए। मार्था की तरह, वे "बहुत सेवा करने में व्यस्त" थे, और उस शांत आवाज़ को सुनने से चूक गए जो कह रही थी,

“मैरी ने वही चुना है जो बेहतर है।”

स्वर्ग की नज़र में, महिमा पथ शोरगुल से भरा हुआ था, लेकिन गुनगुना। एक हलचल भरा, खूबसूरत भ्रम - बिना जड़ों वाला पुनरुत्थान।

और अनीता इसकी मूक शिकार थी।

प्रतिबिंब

हम अक्सर उत्साह को मुलाक़ात से जोड़ देते हैं, लेकिन भावनाएँ परिवर्तन नहीं हैं।
आज की कलीसिया को धीमा होना होगा। वेदी पर बुलाना कोई अंतिम रेखा नहीं है - यह जीवन भर की यात्रा का प्रारंभिक बिंदु है।

जब हम लोगों को उद्धार के लिए जल्दी में ले जाते हैं, उसके बाद उनके साथ नहीं चलते, तो हम आध्यात्मिक रूप से अनाथ बना देते हैं—बिना

किसी आधार के भावुक विश्वासी। दुश्मन किसी फैसले से नहीं डरता; वह शिष्यत्व से डरता है।

अनीता की कहानी सिर्फ़ उसकी नहीं है - यह हमारी भी है।
कितने लोग हमारे दरवाज़े से आए और पीछे से, बिना देखे और बिना खाए चले गए? कितने आँसुओं की सराहना तो हुई, लेकिन उन्हें कभी शिष्य नहीं बनाया गया?

जागृति भीड़ के बारे में नहीं है - यह हमारे भीतर बने मसीह के बारे में है।

शास्त्र कुंजियाँ

"मार्था, हे मार्था, तू बहुत बातों के लिये चिन्ता करती और घबराती है; परन्तु एक बात अवश्य है..." — **लूका 10:41–42**

"तुम एक जन को अपने धर्म में लाने के लिए जल और थल दोनों पार फिरते हो, और जब सफल हो जाते हो, तो उसे अपने से दुगना नारकीय बना देते हो।" — **मत्ती 23:15**

"तू ने अपना पहला सा प्रेम त्याग दिया है। स्मरण कर कि तू किस ऊँचाई से गिर पड़ा है..." — **प्रकाशितवाक्य 2:4–5**

एक्शन चैलेंज

धीमे हो जाइए।
इस हफ़्ते एक ऐसे व्यक्ति को ढूँढ़िए जो मसीह के पास आया हो—और उसके साथ चलिए। उसकी कहानी पूछिए। उसके दिल की बात सुनिए। वह हाथ बनिए जो यीशु बढ़ाएँगे।

पुनरुत्थान तब शुरू होता है जब हम प्रदर्शन के बजाय गहराई को चुनते हैं।

अध्याय 2 - *दस्तक*

प्रकाशितवाक्य 3:20 | लूका 10:38–42 | यूहन्ना 10:27

नैरोबी शहर शाम के आसमान में जगमगा रहा था।
कैंपस ऑडिटोरियम के अंदर सैकड़ों लोग जमा थे—रोशनी चमक रही थी, दीवारों से संगीत गूंज रहा था। एक और पुनरुत्थान। एक और सफलता का वादा।

अनीता पीछे की ओर बैठी थी, हाथ जोड़े, आँखें थकी हुई। उसने हर आँसू बहा लिया था जो वह बहा सकती थी। उसके चारों ओर छात्र नाच रहे थे, चिल्ला रहे थे, हाथ उठा रहे थे। लेकिन अंदर ही अंदर वह सुन्न महसूस कर रही थी।

आगे, बैंड ज़ोर से बजा रहा था, आवाज़ें बढ़ती जा रही थीं - "यह तुम्हारा पल है! तुम्हारा चमत्कार! तुम्हारा भाग्य!"

फिर भी संगीत के बीच में एक शांत, धीमी आवाज फुसफुसाने लगी - धीमी, लेकिन स्पष्ट।

"देखो... मैं दरवाजे पर खड़ा हूँ... और दस्तक दे रहा हूँ।"

तालियों की गड़गड़ाहट में सब डूब गया।
लेकिन स्वर्ग ताली नहीं बजा रहा था। स्वर्ग पुकार रहा था।

फिर, गवाही सत्र के दौरान, एक युवती खड़ी हुई।
वह कार्यक्रम में नहीं थी। उसका कोई पद नहीं था। उसका नाम **रूथ**

था - परिसर की एक शांत, विनम्र मार्गदर्शक, जो मंच पर उपस्थिति से ज़्यादा प्रार्थना के लिए जानी जाती थी।

उसकी आवाज़ कांप रही थी, लेकिन उसकी आँखें चमक रही थीं।

"प्रकाशितवाक्य 3:15 कहता है, 'तुम न तो ठंडे हो और न ही गर्म - इसलिए मैं तुम्हें बाहर थूक दूँगा।'"

कमरा शांत हो गया।
कुछ लोग घूर रहे थे। कुछ फुसफुसा रहे थे।

रूथ ने आगे कहा, "यीशु दस्तक दे रहे हैं, लेकिन हमारी छोटी-छोटी बातों ने उन्हें बाहर कर दिया है!"

भीड़ में एक बड़बड़ाहट फैल गई। बत्तियाँ हल्की-सी टिमटिमा उठीं। यहाँ तक कि संगीत टीम भी स्तब्ध रह गई।

रूथ ने कहा, "हमने इसे तेज़ और आकर्षक तो बनाया है, लेकिन वफ़ादार नहीं।
हम हाथ गिनते हैं, दिल नहीं। हम वेदियाँ भरते हैं, लेकिन ज़िंदगियाँ नहीं।"

एक पल के लिए, हॉल मानो समय में रुक गया हो। हवा भारी हो गई थी - प्रचार से नहीं, बल्कि दृढ़ विश्वास से।

उसी समय, **पादरी एस्तेर म्वांगी** मंच के पीछे बैठी थीं—अतिथि उपदेशक के रूप में आमंत्रित।
उन्होंने पूरी प्रार्थना सभा के दौरान मुस्कुराया, गवाहियों पर तालियाँ

बजाईं, यहाँ तक कि अपने उपदेश का आखिरी बार अभ्यास भी किया। लेकिन अब, जैसे ही रूथ बोल रही थीं, उनके हाथ काँपने लगे।

उसके मन में एक श्लोक गूंज उठा - जिसे उसने पहले भी उपदेश दिया था, लेकिन कभी जीया नहीं था:

"परन्तु केवल एक बात आवश्यक है... मरियम ने उत्तम को चुन लिया है।" (लूका 10:42)

उसकी धड़कनें तेज़ हो गईं। उसने आँखें बंद कर लीं।
एक दृश्य में, उसे अपना चर्च दिखाई दिया—जहाँ भीड़ जयकार कर रही थी, हाथ उठे हुए थे, और स्पॉटलाइट में चेहरे चमक रहे थे। लेकिन फिर, एक-एक करके, चेहरे फीके पड़ गए। रोशनी मंद पड़ गई। मंच टूट गया।
और उसके पीछे, उसे एक दरवाज़ा दिखाई दिया—
और एक हाथ, जो दस्तक दे रहा था।

प्रार्थना सभा के बाद, रूथ चुपचाप अपनी बाइबल समेटकर हॉल से बाहर चली गई। अनीता दूर से उसके पीछे-पीछे आ रही थी। वह कुछ बोलना चाहती थी—कुछ पूछना चाहती थी—लेकिन उसे शब्द नहीं मिल रहे थे।

उसी पल, शहर के उस पार अपने होटल के कमरे में, पादरी एस्तेर अकेली चुपचाप बैठी थीं।
कोई गायक मंडली नहीं। कोई कैमरा नहीं। कोई तालियाँ नहीं।

वह लगभग कांपते हुए फुसफुसाई,

"प्रभु... क्या यह सब व्यर्थ था?"

कोई उत्तर नहीं आया - केवल वही श्लोक:

"मैरी ने वही चुना है जो बेहतर है।"

कई वर्षों में पहली बार एस्तेर रोई - भीड़ के लिए नहीं, बल्कि अपने लिए।

भ्रम टूट चुका था।
तालियाँ शांत हो चुकी थीं। और स्वर्ग दस्तक दे रहा था।

निंदा करने के लिए नहीं - बल्कि अंदर आने के लिए।

प्रतिबिंब

हर जागृति एक ऐसे क्षण पर पहुँचती है जब स्वर्ग हस्तक्षेप करता है। जब परमेश्वर हमारी आवाज़ धीमी कर देता है ताकि हम उसकी फुसफुसाहट सुन सकें।

एस्तेर की तरह, आज कई नेता सच्चे हैं—जोश से भरे, शक्तिशाली और जोश से भरे। लेकिन गहराई के बिना जोश, बिना बदलाव के शोर मचाता है। कलीसिया को **आवाज़ के पीछे की आवाज़** —आराधना के पीछे की फुसफुसाहट—को फिर से खोजना होगा।

जब यीशु दस्तक देता है, तो वह मंच की तलाश में नहीं होता - वह मेज पर बैठने की जगह की तलाश में होता है।

हमारा सबसे बड़ा ख़तरा पाप नहीं, बल्कि प्रतिस्थापन है - ईश्वरीय कार्यों के बजाय अच्छे कार्य करना।

वह फिर से दस्तक दे रहा है - हमारी संख्या के लिए नहीं, बल्कि हमारी निकटता के लिए।

शास्त्र कुंजियाँ

"देख, मैं द्वार पर खड़ा हुआ खटखटाता हूँ। यदि कोई मेरा शब्द सुनकर द्वार खोलेगा, तो मैं उसके पास भीतर आकर उसके साथ भोजन करूँगा और वह मेरे साथ।" — **प्रकाशितवाक्य 3:20**

"मेरी भेड़ें मेरा शब्द सुनती हैं; मैं उन्हें जानता हूँ, और वे मेरे पीछे पीछे चलती हैं।" — **यूहन्ना 10:27**

"मरियम ने उत्तम को चुन लिया है, और वह उससे छीना न जाएगा।" — **लूका 10:42**

एक्शन चैलेंज

परमेश्वर की ओर से बोलने से पहले, उसके साथ बैठो।
उसका घर बनाने से पहले, उसे अपना हृदय बनाने दो। इस सप्ताह रुको और पूछो,

"प्रभु, क्या मैं आपसे अधिक जोर से दस्तक दे रहा हूँ?"

तो सुनो, वह अभी भी बोल रहा है।
वह अभी भी दस्तक दे रहा है।

अध्याय 3 - *संकट*

मत्ती 23:15 | प्रकाशितवाक्य 3:16 | यूहन्ना 15:8

पुनरुद्धार के अगले दिन सुबह, शहर बारिश से जाग उठा।
नैरोबी की सड़कें धूसर बादलों की छाया में झिलमिला रही थीं, और गीली मिट्टी की खुशबू हवा में घुली हुई थी। विश्वविद्यालय के पास एक छोटे से कैफ़े में, अनीता अकेली बैठी थी, उसकी उंगलियाँ लैपटॉप के कीबोर्ड पर काँप रही थीं। उसकी कॉफ़ी ठंडी हो गई थी। रोने से उसकी आँखें सूज गई थीं।

कई दिनों तक वह रूथ के शब्दों को दोहराती रही:

"यीशु दस्तक दे रहे हैं... लेकिन आपके शॉर्टकट ने उन्हें बाहर कर दिया है।"

हर शब्द गहराई से चुभता था—चर्च को नहीं, बल्कि उसके अपने दिल को।
उसने उन शॉर्टकट्स को जिया था। वह उस भागदौड़ की शिकार थी।

इसलिए, उसने लिखना शुरू कर दिया।

उसके शब्द एक स्वीकारोक्ति की तरह बह निकले - कच्चे, कांपते हुए, सच्चे:

"मैंने अपना जीवन मसीह को दे दिया,
लेकिन किसी ने मुझे इसे जीने में मदद नहीं की। मैं वेदियों पर रोया, लेकिन कोई मेरे साथ नहीं चला। मेरा सम्मान किया गया, लेकिन कभी

मेरी देखभाल नहीं की गई। उन्होंने मुझे विजय का नारा लगाने के लिए कहा, जबकि मैं चुपचाप पाप में डूबा रहा।"

वह रुकी, उसकी आँखों से आँसू कीबोर्ड पर गिर रहे थे।
फिर उसने शीर्षक लिखा:

बचाया गया लेकिन भुला दिया गया .

उसने *प्रकाशित बटन दबाया*।

कुछ ही घंटों में उसकी कहानी फैल गई।
पहले व्हाट्सएप ग्रुप्स पर, फिर चर्च फ़ोरम्स पर, और फिर पूरे देश में।
सूर्यास्त तक, #SavedButForgotten पूरे केन्या में ट्रेंड करने लगा।
सुबह तक, यह युगांडा, घाना और दक्षिण अफ्रीका तक पहुँच गया।

पादरियों ने इसे शेयर किया—कुछ ने गुस्से में, कुछ ने खामोशी से।
युवा विश्वासियों ने इसे फिर से पोस्ट किया, फुसफुसाते हुए,

"वह मैं हूं।"

कुछ लोग उसका मज़ाक उड़ाते थे, उसे विद्रोही कहते थे।
कुछ लोग रोते थे—क्योंकि उन्हें उसके दर्द में अपना अक्स दिखाई देता था।

ग्लोरी पाथ चर्च में कर्मचारी असमंजस में थे।
फ़ोन बज रहे थे, इनबॉक्स भरे हुए थे।
किसी ने ब्लॉग प्रिंट करके पादरी एस्तेर की मेज़ पर रख दिया।

उसने पहली पंक्ति एक बार पढ़ी। फिर दो बार।
फिर उसकी साँस रुक गई।

“मैंने अपना जीवन मसीह को दे दिया... लेकिन किसी ने मुझे इसे जीने में मदद नहीं की।”

उसका दिल ज़ोर से धड़क उठा।
रूथ की गवाही वाली वही आवाज़ लौटी:

“तुम न तो ठंडे हो और न ही गर्म...”

उसने प्रार्थना करने की कोशिश की - लेकिन उसकी जगह आँसू आ गये।

उसका सहायक दौड़कर आया:

“पादरी, हमें एक प्रेस वक्तव्य की आवश्यकता है!”

एस्तेर ने फुसफुसाते हुए कहा, मुश्किल से सुनाई दे रहा था,

“नहीं। हमें पश्चाताप की ज़रूरत है।”

नैरोबी में टीवी एंकरों ने इस पोस्ट पर बहस की।
एक ने पूछा, "क्या चर्च ने अगली पीढ़ी को निराश किया है?" कॉल करने वालों की बाढ़ आ गई - टूटे हुए, घायल, खामोश धर्मांतरित लोगों की कहानियाँ।

एक छात्रावास में छात्रों ने अनीता के शब्दों को ज़ोर से पढ़ते हुए एक जागरण आयोजित किया। दूसरे छात्रावास में उन्होंने *'द फॉरगॉटन फ्लॉक'* नाम से एक व्हाट्सएप ग्रुप शुरू किया ।

जो एक स्वीकारोक्ति से शुरू हुआ वह एक आंदोलन बन गया।

और स्वर्ग देख रहा था.

उस रात, पादरी एस्तेर अपने कार्यालय में अकेली बैठी थीं।
बत्तियाँ बुझी हुई थीं। बाहर का शोर थम गया था। उनकी मेज़ पर एक खुली हुई बाइबल रखी थी, और उनकी नज़र एक ऐसे श्लोक पर पड़ी जिस पर उन्होंने पहले कभी ध्यान नहीं दिया था:

"तुम एक भी व्यक्ति को अपने धर्म में लाने के लिए जल और थल पार फिरते हो,
और जब सफल हो जाते हो, तो उसे अपने से दूना नारकीय बना देते हो।" — मत्ती 23:15

वह रोई—अपराधबोध से नहीं, बल्कि दुःख से।
सालों तक वह सोचती रही कि वह परमेश्वर का राज्य बना रही है। अब उसे एहसास हुआ कि वह आँकड़े ही बना रही थी।

एक श्लोक फिर उसके दिल में फुसफुसाया:

"इसलिए कि तू गुनगुना है, न गर्म और न ठंडा, मैं तुझे उगलने पर हूँ।" (प्रकाशितवाक्य 3:16)

एस्तेर घुटनों के बल बैठ गई।

"हे प्रभु," वह रोयी, "मुझे फिर से चलना सिखाओ।"

अगले दिन, वह कैंपस में एक छोटे से छात्रावास में बाइबल अध्ययन केंद्र में गई।
न कोई रोशनी थी, न कोई मंच, न कोई नारे। बस एक घिसी-पिटी मेज के चारों ओर चुपचाप पढ़ते हुए छात्रों का एक समूह।

उनमें रूथ भी थी - और उसके बगल में अनीता भी थी।

एस्तेर दरवाज़े पर खड़ी काँप रही थी।
रूथ ने आश्चर्य से ऊपर देखा। अनीता अनिश्चित होकर जम गई।

लेकिन एस्तेर आँसू के बीच मुस्कुराई।

"क्या मैं आपसे जुड़ सकता हूं?"

कमरे में सन्नाटा छा गया। फिर अनीता ने सिर हिलाया।

उस रात, बरसों बाद पहली बार, एस्तेर बैठी—एक उपदेशक की तरह नहीं, बल्कि एक शिष्य की तरह।
उन्होंने साथ मिलकर पवित्रशास्त्र पढ़ा। उन्होंने प्रार्थना की। वे रोईं।

और उस छोटे से कमरे में, वह चीज़ खिलने लगी जिसका स्वर्ग को लंबे समय से इंतज़ार था -
शिष्यत्व।

प्रतिबिंब

हर सुधार एक स्वीकारोक्ति से शुरू होता है।
अनीता का ब्लॉग विद्रोह नहीं था - यह एक रहस्योद्घाटन था। जब सत्य का उदय होता है, तो अभिमान गिर जाता है।

हमें आलोचना के नीचे दबी हुई चीखों को सुनना सीखना चाहिए। कभी-कभी ईश्वर घायलों का इस्तेमाल करके जाने-पहचाने लोगों को जगाता है। एस्तेर की विनम्रता ने ही संकट को नवीनीकरण में बदल दिया।

मंचों और कार्यक्रमों के हमारे युग में, हमें यह कभी नहीं भूलना चाहिए कि सत्य उजागर होने से नहीं डरता - वह इससे शुद्ध होता है।

जब चर्च स्वयं का बचाव करना बंद कर देगा और दूसरों को अनुशासित करना शुरू कर देगा, तो पुनरुत्थान एक नारा नहीं रह जाएगा और जीवन जीने का एक तरीका बन जाएगा।

शास्त्र कुंजियाँ

"तुम एक भी व्यक्ति को अपने धर्म में लाने के लिए जल और थल पार फिरते हो, और जब सफल हो जाते हो, तो उसे अपने से दूना नारकीय बना देते हो।" — **मत्ती 23:15**

"इसलिए कि तू गुनगुना है, न गर्म, न ठंडा, इसलिए मैं तुझे उगलने पर हूँ।" — **प्रकाशितवाक्य 3:16**

"मेरे पिता की महिमा इसी से होती है, कि तुम बहुत सा फल लाओ, और यह दिखाओ कि तुम मेरे चेले हो।" — **यूहन्ना 15:8**

एक्शन चैलेंज

जब सत्य आपके सामने आए, तो छिपिए मत - खुद को विनम्र बनाइए। आत्मा से पूछिए:

"मैंने शिष्यत्व से अधिक निर्णयों का उत्सव कहाँ मनाया है?"

स्वीकारोक्ति को अपनी कक्षा बनाइए।
जहाँ बहाने ख़त्म होते हैं, वहीं से पुनरुत्थान शुरू होता है।

अध्याय 4 - *अवशेष*

लूका 10:42 | यशायाह 58:12 | यूहन्ना 21:15–17

अगले रविवार, ग्लोरी पाथ चर्च में असामान्य रूप से सन्नाटा था। पार्किंग स्थल, जो कभी खचाखच भरा हुआ था, अब आधा खाली था। बड़ी एलईडी स्क्रीन पर अब आँकड़े नहीं दिख रहे थे; मंच की बत्तियाँ धीमी कर दी गई थीं।

पादरी एस्तेर म्वांगी काँपती हुई मंच पर खड़ी थीं। उनका हमेशा का आत्मविश्वास गायब था। न कोई डिज़ाइनर चोगा, न कोई अभ्यासी हाव-भाव। बस सादगी — और ईमानदारी।

उसने अपने सामने खड़े चेहरों को देखा—उसे याद से कम, लेकिन पहले से कहीं ज़्यादा असली। कई लोग जिज्ञासा से आए थे। कुछ गुस्से में, अनीता के शब्दों से अभी भी आहत, आए थे। कुछ जवाब की उम्मीद में आए थे।

एस्तेर ने गहरी सांस ली, उसकी आवाज शुरू होते ही टूट गई।

“हमने यीशु को निराश किया है।”

शब्द हवा में भारी हो गए।
हॉल में एक बड़बड़ाहट गूंज उठी। कुछ लोगों ने सिर झुका लिया। कुछ लोग ठिठक गए, समझ नहीं पा रहे थे कि क्या प्रतिक्रिया दें।

"हमने हाथ गिने, दिल नहीं," उसने आगे कहा।
"हमने वेदियाँ तो भरीं, लेकिन जीवन नहीं। हमने ऐसे फल गिने जो कभी उगे ही नहीं।"

उसकी आँखें चमक उठीं।

"मुझे पवित्रता से ज़्यादा हैशटैग की चिंता थी। बदलाव से ज़्यादा ट्रेंड्स को लेकर जुनून था।
लेकिन यीशु... हमें वापस बुला रहे हैं।"

भीड़ में कहीं से एक धीमी सिसकी गूंजी।

"अब और कोई शॉर्टकट नहीं," उसने फुसफुसाते हुए कहा। "अब और उथली ज़मीन नहीं।
हम अब इतनी तेज़ नहीं दौड़ेंगे। हम धीरे-धीरे चलेंगे — यीशु के साथ।"

उसने अपनी आँखें बंद कर लीं और अपने हाथ ऊपर उठा लिये।

“हे प्रभु, हमें क्षमा करें।”

सन्नाटा छा गया।
फिर — धीरे से — एक व्यक्ति ताली बजाने लगा।

यह रूथ थी।

वह पीछे खड़ी थी, उसके चेहरे पर आँसू बह रहे थे। उसके हाथ लयबद्ध, श्रद्धापूर्वक हिल रहे थे—किसी स्त्री की नहीं, बल्कि सत्य की सराहना कर रहे थे।

और लोग भी शामिल हो गए। फिर कमरा हल्की तालियों से गूंज उठा - कोई प्रचार नहीं, बल्कि राहत भरी आवाज़।

उस दिन एक महत्वपूर्ण मोड़ आया।
एस्तेर ने सभी आगामी धर्मयुद्ध रद्द कर दिए। बैनर उतार दिए गए। स्क्रीन काली हो गईं।

इसके बजाय, उसने उन लोगों को इकट्ठा किया जो अब भी बचे थे—हज़ारों वफ़ादार दिल—और उनसे नैरोबी के एक सार्वजनिक पार्क में मुलाकात की।
कोई माइक्रोफ़ोन नहीं। कोई नारे नहीं। बस खुली बाइबलें, खुले दिल और खुली ज़मीन।

घास ओस से भीगी हुई थी। आसमान नई रोशनी से जगमगा रहा था।

एस्तेर उनके सामने खड़ी हुई और बोली,

“आज से हम व्यापक नहीं होंगे - हम गहरे होंगे।”

वह रूथ और अनीता की ओर मुड़ी।

"आप मुझे फिर से निर्माण करने में मदद करेंगे - एक साम्राज्य नहीं, बल्कि एक परिवार।"

रूथ ने सिर हिलाया। अनीता की आँखें भर आईं।
बरसों में पहली बार उसे लगा कि उसे देखा जा रहा है - एक संख्या के रूप में नहीं, बल्कि एक नाम के रूप में।

अगले कुछ हफ़्तों में, शहर भर में छोटे-छोटे समूह बन गए।
कुछ पेड़ों के नीचे मिलते थे, कुछ लिविंग रूम में, कुछ कैफ़े या स्कूल

हॉल में। हर समूह का अपना एक अलग ही मकसद था: पढ़ना, प्रार्थना करना, बाँटना, लागू करना।

उन्होंने उन्हें **“द वे सर्किल्स” कहा।**

हर नए विश्वासी को एक मार्गदर्शक के साथ जोड़ा गया। हर मार्गदर्शक का एक मार्गदर्शक था। हर सभा की शुरुआत इस घोषणा से होती थी:

“हम धर्मांतरित नहीं हैं - हम शिष्य हैं।”

अनीता ने अपने विश्वविद्यालय की किशोर लड़कियों के एक छोटे समूह का नेतृत्व करना शुरू किया।
रूथ आस-पास की झुग्गियों में जाकर माताओं को पवित्रशास्त्र का अध्ययन करना सिखाती थीं।
एस्तेर ने युवा नेताओं को बोलने से पहले सुनने की कला सिखाई।

धीरे-धीरे, कुछ बदलने लगा।
अब न तालियाँ बजती थीं, न हैशटैग ट्रेंड करते थे - बस ज़िंदगी चुपचाप बदल जाती थी।

एक युवती, जो कभी आत्महत्या के बारे में सोच रही थी, ने अपनी कहानी साझा की और महीनों बाद पहली बार मुस्कुराई।
एक लड़का जो कभी प्रार्थना का मज़ाक उड़ाता था, अब अपने दोस्तों को रोज़ाना प्रार्थना में शामिल करने लगा। एक वृद्ध व्यक्ति, जो अपने परिवार से अलग हो गया था, क्षमा पर एक शिष्यत्व सत्र के बाद अपनी पत्नी के साथ सुलह कर ली।

स्वर्ग फिर मुस्कुराया.

एक शाम, जब सूरज ढल रहा था, एस्तेर पार्क के किनारे खड़ी होकर गोलों को देख रही थी।
बाइबलें खुली थीं, हाथ जुड़े हुए थे, दिल जीवंत थे। उसकी आँखों में आँसू भर आए थे।

अंदर से एक कोमल आवाज़ फुसफुसाई:

"मैरी ने वही चुना है जो बेहतर है।"

एस्तेर ने धीरे से सिर हिलाया.

"हाँ प्रभु! हम अब आपके आगे से नहीं भागेंगे।"

भ्रम दूर हो गया था।
जो बचा था... वो **अवशेष था** ।

प्रतिबिंब

परमेश्वर का हर सच्चा कदम टूटने से शुरू होता है। जब प्रचार कम हो जाता है और विनम्रता बढ़ती है , तो यीशु फिर से मंच पर आते हैं।

पादरी एस्तेर का पश्चाताप कमज़ोरी नहीं था—यह बुद्धिमत्ता थी। स्वर्ग कभी घमंड पर नहीं बनता; यह समर्पण पर बनता है।

बचे हुए लोग ज़्यादा नहीं हैं - ये वो लोग हैं जो भीड़ के चले जाने के बाद भी बचे रहते हैं।
ये लोग शोर नहीं मचाते, पर वफ़ादार होते हैं। मशहूर नहीं, पर वफ़ादार होते हैं।

हम ऐसे समय में रह रहे हैं जब चर्च को अपने आह्वान को पुनः खोजना होगा - कार्य करने के लिए नहीं, बल्कि लोगों में **मसीह का निर्माण करने के लिए।**

शिष्यत्व कोई प्रवृत्ति नहीं लाता, यह रूपान्तरण करता है।

शास्त्र कुंजियाँ

"मरियम ने उत्तम को चुन लिया है, और वह उससे छीना न जाएगा।" — **लूका 10:42**

"तेरी प्रजा पुराने खण्डहरों को फिर बनाएगी और पुरानी नींवों को फिर उठाएगी; तेरा नाम टूटी हुई दीवारों का मरम्मत करनेवाला और घरों सहित सड़कों का सुधार करनेवाला रखा जाएगा।" — **यशायाह 58:12**

"मेरी भेड़ों को चरा।" — **यूहन्ना 21:17**

एक्शन चैलेंज

भीड़ का पीछा मत करो — मसीह का पीछा करो।
खुद से पूछो:

"परमेश्वर ने मुझे किसके साथ चलने के लिए बुलाया है?"

किसी को ढूँढ़ो, किसी को खिलाओ, किसी को शिष्य बनाओ।
आपके मंच का आकार मायने नहीं रखता—आपकी आज्ञाकारिता की गहराई मायने रखती है।

अध्याय 5 - जड़ें, न कि भीड़

कुलुस्सियों 2:6–7 | यूहन्ना 15:5 | लूका 8:15

पार्क में उस सुबह के बाद से हफ़्ते बीत गए।
नैरोबी अभी भी ग्लोरी पाथ के बदलाव की चर्चाओं से गुलज़ार था।
लेकिन उस अवशेष के अंदर, कुछ शांत – और गहरा – पनप रहा था।

घर अनुग्रह की कक्षाएँ बन गए। पार्क अभयारण्य बन गए। रसोई की मेज़ें उपदेश-पीठों में बदल गईं ।

वहां कोई पोस्टर नहीं थे, कोई कार्यक्रम नहीं थे - केवल उपस्थिति थी।

प्रत्येक समूह की शुरुआत एक ही तरह से हुई:

"आप वास्तव में कैसे हैं?"

गवाही से पहले अक्सर आँसू आ जाते थे।
ऐसी कहानियाँ सामने आती थीं जो कभी चर्च के कपड़ों के पीछे छिपी रहती थीं।

एक युवा माँ ने कबूल किया,

"मैं अब प्रार्थना करना नहीं जानता।"

एक वृद्ध व्यक्ति ने कहा,

"मैं बीस साल से चर्च में हूँ, लेकिन मेरा कभी कोई दोस्त नहीं बना।"

किसी ने कोई फ़ैसला नहीं किया। किसी ने कोई जल्दबाज़ी नहीं की। उन्होंने सुना। उन्होंने प्रार्थना की। वे रुके।

यह अब भीड़ के बारे में नहीं था - यह **समुदाय के बारे में था** ।

एक बबूल के पेड़ के नीचे एक समूह में, **अनीता** अपने विश्वविद्यालय की तीन किशोर लड़कियों के साथ बैठी थी।
उन्होंने यूहन्ना का सुसमाचार खोला और धीरे-धीरे पढ़ा।

“उसमें जीवन था, और वह जीवन मनुष्यों की ज्योति थी...”

अनीता रुक गई, उसकी आवाज़ कांप रही थी।

“उस प्रकाश ने मुझे मेरी सबसे अंधेरी रात में पा लिया।”

लड़कियों में से एक ने फुसफुसाते हुए कहा,

“मैंने पहले कभी बाइबल को ज़ोर से नहीं पढ़ा।”

अनीता धीरे से मुस्कुराई.

“तो आज आपका पहला कदम है।”

वे हंसे, रोए, प्रार्थना की - प्रदर्शन करने के लिए नहीं, बल्कि किसी समूह से जुड़ने के लिए।

दूसरी तरफ, **रूथ** ने किबेरा बस्ती में युवा माताओं के लिए एक मार्गदर्शन मंडली का नेतृत्व किया।
हर हफ्ते, वे पवित्रशास्त्र से एक कहानी और जीवन से एक कहानी का अध्ययन करती थीं।

वह कहती,

"शिष्यत्व का अर्थ अपने संघर्ष से बचना नहीं है - इसका अर्थ है यीशु को इसमें आमंत्रित करना।"

औरतें एक-दूसरे के लिए प्रार्थना करने लगीं।
उन्होंने छोटे-छोटे बचत समूह शुरू किए, खाना बाँटने लगीं और एक-दूसरे के बच्चों की देखभाल करने लगीं।

आस्था का अब केवल प्रचार नहीं किया जाता था - बल्कि उसका अभ्यास भी किया जाता था।

इस सब के केंद्र में, **पादरी एस्तेर** कुछ युवा नेताओं के साथ बैठी थीं। उन्होंने कुछ पलों के लिए माइक्रोफ़ोन की अदला-बदली कर ली थी। उपदेश देने की बजाय, उन्होंने सवाल पूछे।

"इस सप्ताह यीशु तुम्हें क्या सिखा रहे हैं?"

उन्होंने क्षमा, धैर्य और सुनना सीखने की बातें कीं।
एक ने चॉकबोर्ड पर लिखा:

"शिष्यत्व = संबंध + जिम्मेदारी।"

एस्तेर ने सिर हिलाया.

"हाँ। हमने धर्मांतरण करने वालों के पीछे भागना बंद कर दिया — और चरित्र निर्माण शुरू कर दिया।"

वह मुस्कुराई.

"हमें दौड़ने की आदत थी, लेकिन अब हम दौड़ते रहना सीख रहे हैं।"

पार्क के एक छोटे से कोने में **डेविड नाम का एक नया धर्मांतरित व्यक्ति** रोज़ाना डायरी लिखने लगा।
उसकी लिखावट काँपती हुई थी, लेकिन ईमानदार थी:

"पहला दिन - मैं प्यार पाना सीख रहा हूँ।"
"सातवाँ दिन - मैंने पहली बार सच कहा।" "तीसवाँ दिन - मैंने अपने पिता को माफ़ कर दिया।"

परिवर्तन अब संख्याओं से नहीं, बल्कि नामों से मापा जाने लगा।

नैरोबी में, शांत चमत्कारों ने जड़ें जमा लीं।
एक विधवा के घर सालों बाद पहली बार कोई मेहमान आया। एक रेहड़ी-पटरी वाले ने ग्राहकों के साथ सुबह की प्रार्थना शुरू कर दी। एक स्कूल के प्रिंसिपल ने अपने शिक्षकों को मार्गदर्शन देना शुरू कर दिया।

इनमें से कुछ भी वायरल नहीं हुआ। कोई भी सुर्खियाँ नहीं बनीं।
लेकिन स्वर्ग के खाते में, भूमिगत रूप से पुनरुत्थान पनप रहा था।

एक शाम, एस्तेर ने पार्क के उस पार देखा और सैकड़ों लोगों को घेरे में देखा -
पढ़ते हुए, प्रार्थना करते हुए, हंसते हुए, रोते हुए।

वह फुसफुसाई,

“प्रभु, आप इसी प्रकार निर्माण करते हैं।”

एक आवाज़ ने धीरे से उत्तर दिया,

"टावर नहीं - बल्कि मेज़ें। घास नहीं - बल्कि जड़ें।"

प्रतिबिंब

आधुनिक चर्च को गति पसंद है—तेज़ सेवाएँ, तेज़ विकास, तेज़ सफलता।
लेकिन राज्य समय के साथ बढ़ता है, सेकंडों में नहीं।

यीशु ने अपने शिष्यों पर कभी जल्दबाज़ी नहीं की। वह उनके साथ चलते थे, उनके साथ खाते थे, उन्हें सुधारते थे, और उनके सीखने तक इंतज़ार करते थे।
सच्चा फल पाने में समय लगता है।

जड़ें अदृश्य होती हैं, लेकिन वे ज़मीन के ऊपर सब कुछ थामे रखती हैं। अगर आप गहराई में गए बिना तेज़ी से बढ़ते हैं, तो तूफ़ान आपको उखाड़ फेंकेंगे।

अब समय आ गया है कि मंत्रालय को **दूरी से नहीं, बल्कि गहराई से मापा जाए।**

शास्त्र कुंजियाँ

"इसलिये जैसे तुम ने मसीह यीशु को प्रभु करके ग्रहण कर लिया है, वैसे ही उसी में चलते रहो, और उसी में जड़ पकड़ते और बढ़ते जाओ..." — **कुलुस्सियों 2:6–7**

"मैं दाखलता हूँ: तुम डालियाँ हो। यदि तुम मुझ में बने रहो और मैं तुम में, तो तुम बहुत फल फलोगे..." - **यूहन्ना 15:5**

"अच्छी भूमि पर बोया गया बीज उन लोगों का प्रतीक है जिनका हृदय उत्तम और नेक है, जो वचन सुनते हैं, उसे धारण करते हैं, और लगन से फल लाते हैं।" — **लूका 8:15**

एक्शन चैलेंज

अपनी तरक्की में जल्दबाज़ी न करें — अपनी जड़ों को सींचें।
इस हफ़्ते एक अंश लें और उस पर टिके रहें। उसे आपको पढ़ने दें, न कि सिर्फ़ आपको सूचित करने दें।

प्रतिदिन अपने आप से पूछें:

"क्या मैं और गहरा हो रहा हूँ, या सिर्फ ज़ोर से?"

क्योंकि स्वर्ग जड़ों का जश्न मनाता है - जल्दबाजी का नहीं।

अध्याय 6 - *लहरें*

प्रेरितों 1:8 | यशायाह 60:22 | मत्ती 13:33

इसकी शुरुआत छोटी सी थी—कुछ विश्वासी पेड़ों के नीचे, छात्रावासों में और खाने की मेज़ों पर इकट्ठा होते थे।
लेकिन जैसे ठहरे हुए पानी पर बारिश की बूँद गिरती है, वैसे ही यह आंदोलन लहरों की तरह फैलने लगा।

एक स्थानीय हाई स्कूल की शिक्षिका भी ऐसी ही एक मंडली में शामिल हुईं।
हर सुबह, वह कक्षा से पहले चुपचाप प्रार्थना करती थीं।

"हे प्रभु, मुझे ऐसा शिष्य बनाओ जो बढ़ता जाए।"

एक दोपहर, एक छात्र ने उसे यूहन्ना की पुस्तक पढ़ते हुए पकड़ लिया।

"मिस, आप क्या पढ़ रही हैं?"

वह मुस्कुराई.

"क्या नहीं - कौन।"

महीने के अंत तक, उस छात्र ने विज्ञान प्रयोगशाला के पीछे एक छोटा सा घेरा बनाने के लिए दस दोस्तों को इकट्ठा कर लिया था।
कोई नारे नहीं, कोई सुर्खियाँ नहीं - बस शास्त्र, ईमानदारी, और मन ही मन फुसफुसाते गीत।

जल्द ही, पड़ोसी स्कूलों के शिक्षकों ने फोन करना शुरू कर दिया:

“क्या आप हमें भी दिखा सकते हैं कि इसे कैसे शुरू किया जाए?”

लहरें चौड़ी हो गईं।

बाज़ार में, पीटर नाम का एक युवा उद्यमी हर गुरुवार को अपनी इलेक्ट्रॉनिक्स की दुकान जल्दी बंद कर देता था।
उसके पड़ोसी हँसते थे।

“व्यापार फल-फूल रहा है - जल्दी बंद क्यों करें?”

उसने उत्तर दिया,

"क्योंकि मैंने सीखा है कि आत्माओं को भोजन देना स्क्रीन बेचने से कहीं अधिक लाभदायक है।"

उन्होंने नीतिवचन का अध्ययन करने के लिए साथी दुकानदारों को एकत्रित किया
और उनका व्हाट्सएप ग्रुप संघर्षरत परिवारों के लिए जीवनरेखा बन गया।

एक शाम, पास की एक दुकान से एक मुस्लिम महिला चुपचाप आ गई।
चौथे हफ़्ते तक, उसने आँसुओं के बीच फुसफुसाते हुए कहा,

“यह यीशु जब मैं बोलता हूँ तो सुनता है।”

राज्य आगे बढ़ रहा था - प्रचारकों के माध्यम से नहीं, बल्कि लोगों के माध्यम से।

विश्वविद्यालय में, अनीता का समूह कक्षा के लिए बहुत बड़ा हो गया था।
उसने उन्हें छोटे-छोटे समूहों में बाँट दिया—प्रत्येक का नेतृत्व एक पूर्व संशयवादी कर रहा था। एक लड़का, जो कभी उसकी आस्था का मज़ाक उड़ाता था, अब उसी पेड़ के नीचे प्रार्थना कर रहा था जिसके नीचे वह कभी रोती थी।

अनीता ने उनसे कहा, "हम धर्मांतरित नहीं हैं, हम मसीह के साथी हैं।"

उन्होंने अस्पतालों में सेवा करना, सड़क पर रहने वाले बच्चों को ट्यूशन पढ़ाना और बुज़ुर्गों से मिलना शुरू किया।
आत्महत्या के विचारों से मुक्त हुई एक लड़की ने पत्रों का एक अभियान शुरू किया—पूरे परिसर में प्रोत्साहन भरे गुमनाम नोट लिखना।

प्रत्येक नोट का अंत इस प्रकार होता था:

"तुम्हें देखा जाता है। तुम्हें प्यार किया जाता है। तुम्हें भुलाया नहीं जाता।"

इस बीच, पादरी एस्तेर चुपचाप यात्रा करती रहीं—प्रचार करने नहीं, बल्कि पौधे लगाने।
उन्होंने नैरोबी के छोटे-छोटे चर्च नेताओं से मुलाकात की और उन्हें *रविवार के कार्यक्रमों से हटकर रोज़ाना कदम उठाने* का प्रशिक्षण दिया।

एक शाम, पादरियों की एक सभा में, उन्होंने कहा:

"हम एक समय पुनरुत्थान के पीछे भागते थे - अब पुनरुत्थान हमारे साथ चलता है।"

एक बिशप खड़ा था, उसकी आँखों में आँसू भरे हुए थे।

"हमने इमारतें बनाईं। आपने विश्वासियों का निर्माण किया।"

जल्द ही, बीस चर्चों ने मिलकर एक संगठन बनाया जिसे उन्होंने **"द वे नेटवर्क" नाम दिया।**
प्रत्येक ने उपस्थिति गिनना बंद करने और परिवर्तन को मापने का संकल्प लिया।

उनका आदर्श वाक्य:

“बहुत ज्यादा नहीं, लेकिन परिपक्व।”

इसकी लहरें मीडिया तक पहुँचीं।
एक स्वतंत्र पत्रकार, जो इस बदलाव को जानने के लिए उत्सुक थी, पार्क के एक सर्कल में गई। उसे उम्मीद थी कि यहाँ अफरा-तफरी मचेगी - लेकिन उसे शांति मिली।

"यह धर्म नहीं है," उन्होंने बाद में लिखा। "यह पुनर्स्थापना है।"

उनका लेख वायरल हो गया — लेकिन अनीता के पहले ब्लॉग जैसा नहीं।
इस बार, शीर्षक था:

'केन्या की शांत क्रांति: जीवन बदलने वाला शिष्यत्व आंदोलन।'

पूरे महाद्वीप में, दूसरों ने भी इस पर ध्यान देना शुरू कर दिया।
घाना के एक पादरी ने लिखा,

"क्या आप हमारे युवाओं को द वे सर्किल्स में प्रशिक्षित कर सकते हैं?"

दक्षिण अफ्रीका में एक मिशनरी ने कहा,

"हम धर्मांतरित लोगों की गिनती कर रहे हैं - अब हम चरित्र की गिनती करना चाहते हैं।"

यहां तक कि यूरोप के नेताओं ने भी पूछताछ की, वे पुनः जीवित हो रहे विश्वास के लिए उत्सुक थे।

पश्चाताप से शुरू हुई आग अब कलीसिया में सुधार ला रही थी।
और यीशु की फुसफुसाहट फिर गूँजी:

"एक छोटा सा व्यक्ति एक हजार हो जाएगा,
और एक छोटा सा व्यक्ति एक मजबूत राष्ट्र बन जाएगा।"

एक रात, अनीता, रूथ और एस्थर के साथ नदी किनारे खड़ी थी।
वे शहर की रोशनियों को पानी पर प्रतिबिंबित होते हुए देख रही थीं—
शांत, झिलमिलाती, अंतहीन।

रूथ मुस्कुराई,

"क्या तुम इसे देख रहे हो? लहरें?"

अनीता ने आँखें नम करते हुए सिर हिलाया ।

"हमने सोचा कि हम असफल हो गए, लेकिन वह तो लगातार निर्माण कर रहा था।"

एस्तेर ने फुसफुसाते हुए कहा,

“अनुग्रह अपराध बोध को तोड़ता है, उसे पुनः बनाता है।”

एक हल्की हवा उनके ऊपर बह रही थी।
दूर कहीं चर्च की घंटियाँ बज रही थीं।

और स्वर्ग मुस्कुराया.

प्रतिबिंब

जब एक व्यक्ति गहराई से आज्ञापालन करता है, तो कई लोगों के जीवन चुपचाप बदल जाते हैं।
अनीता का दर्द एक मंच बन गया। एस्तेर का पश्चाताप एक जागृति बन गया। रूत की विश्वासयोग्यता एक ढाँचा बन गई।

राज्य इसी तरह बढ़ता है—एक-एक करके।
कोई मार्केटिंग नहीं, कोई हेराफेरी नहीं—बस आत्मा की प्रेरणा से।

हमें परिवर्तन शुरू करने के लिए सामूहिक धर्मयुद्धों का इंतज़ार करना बंद कर देना चाहिए।
हर बातचीत एक चक्र बन सकती है। हर घर उपचार का घर बन सकता है। हर विश्वासी एक सेतु बन सकता है।

आज्ञाकारिता की लहरें हमेशा उत्साह की लहरों से अधिक समय तक टिकी रहेंगी।

शास्त्र कुंजियाँ

"जब पवित्र आत्मा तुम पर आएगा तब तुम सामर्थ पाओगे, और पृथ्वी की छोर तक मेरे गवाह होगे।" — **प्रेरितों 1:8**

"थोड़ा-सा एक हजार हो जाएगा, और सब से दुर्बल एक सामर्थी जाति बन जाएगा। मैं यहोवा यह सब शीघ्रता से करूंगा।" — **यशायाह 60:22**

"स्वर्ग का राज्य खमीर के समान है... जो आटे में तब तक मिलाया जाता है जब तक वह सब में फैल नहीं जाता।" — **मत्ती 13:33**

एक्शन चैलेंज

छोटी-छोटी आज्ञाकारिता को कम मत आँकिए।
खुद से पूछिए:

"मैं इस सप्ताह रिपल कहाँ से शुरू कर सकता हूँ?"

आपकी मेज़ पर? आपके दफ़्तर में? आपकी गली में?

एक जीवन जो गहराई से छूता है, वह दस और लोगों को छूता है। इसी तरह यीशु दुनिया बदलते हैं—ज़बरदस्ती से नहीं, बल्कि वफ़ादारी से।

अध्याय 7 - राजदूत

2 कुरिन्थियों 5:20 | मत्ती 5:14–16 | यशायाह 61:4

इसकी शुरुआत चुपचाप हुई - जैसा कि अधिकांश क्रांतियां होती हैं।

कोई घोषणा नहीं, कोई बैनर नहीं, कोई मंच की रोशनी नहीं।
बस साधारण विश्वासियों का एक समूह — जो प्रेम में प्रशिक्षित हैं, सत्य में निहित हैं — उन जगहों पर कदम रखना शुरू कर रहे हैं जहाँ से वे कभी बचते थे।

वे स्वयं को **"मार्ग के राजदूत" कहते थे।**

इसलिए नहीं कि वे वाक्पटु थे, बल्कि इसलिए कि उन्हें **भेजा गया था** ।

दृश्य एक: बदलाव

अनीता अपने छोटे से कमरे में बैठी थी, जो अब पुरानी कुर्सियों और गर्मजोशी भरी हंसी से भरा हुआ था।

जिन लड़कियों को वह कभी पेड़ के नीचे शिष्य बनाती थीं, वे अब अपना स्वयं का समूह चला रही थीं।

उनमें से एक नर्स ने अस्पताल की कैंटीन में साप्ताहिक सभा शुरू की थी -
जहां वे मरीजों के परिवारों के लिए प्रार्थना करती थीं और शिफ्ट के बीच में धीरे से गाना गाती थीं।

एक अन्य वकील ने युवा पेशेवरों के साथ सुबह-सुबह सत्र आयोजित करना शुरू कर दिया -
अदालत में जाने से पहले पवित्रशास्त्र पढ़ना।

अनीता ने मुस्कुराते हुए कहा, "हमें सिर्फ जीवित रहने के लिए नहीं बचाया गया है, बल्कि हमें चमकने के लिए भेजा गया है।"

लड़कियों ने सिर हिलाया।
हर एक ने अलग-अलग तरीक़े से आग थामी, लेकिन सभी ने उसे पूरी ईमानदारी से थामा।

दृश्य दो: एस्तेर का कमीशन

नैरोबी के एक छोटे से सम्मेलन कक्ष में पादरी एस्तेर ने बीस युवा पादरियों को संबोधित किया।

एलईडी लाइटें और चमकदार पर्चे गायब हो गए थे।
अब वह सिर्फ़ एक व्हाइटबोर्ड और एक बाइबल लेकर खड़ी थी और तीन शब्द लिख रही थी:

"गहराई। प्रेम। गुणन।"

"यदि आपकी सेवकाई आपके साथ ही समाप्त हो जाती है," उसने कहा,
"तो आप कभी भी उसका राज्य नहीं बना रहे थे – केवल अपना।"

कमरे में सन्नाटा छा गया।

उसने जारी रखा,

“यीशु ने यह नहीं कहा, ‘जाओ और अनुयायी बढ़ाओ।’
उन्होंने कहा, ‘जाओ और शिष्य बनाओ।’ शिष्य जो राजदूत बनते हैं।”

एक युवक ने अपना हाथ उठाया।

“हम राजदूत कैसे भेजें?”

एस्तेर मुस्कुराई.

"हम भेजते नहीं - हम समर्पण करते हैं। वह उन्हें भेजता है।"

और यही उनकी नई लय बन गई -
कम नियंत्रण, अधिक कार्यभार।

दृश्य तीन: सात पर्वत

इसकी लहरें **शिक्षा** , **मीडिया** , **व्यापार** , **सरकार** , **परिवार** , **कला** और **धर्म को छूने लगीं** .

- एक पत्रकार जो कभी सनसनीखेज खबरों के लिए जाना जाता था, उसने शांत सुधारकों पर लघु वृत्तचित्र बनाना शुरू कर दिया।
- एक शिक्षिका ने गणित के साथ-साथ करुणा पढ़ाने के लिए अपने पाठ्यक्रम में संशोधन किया।
- एक स्थानीय फैशन डिजाइनर ने *ग्रेस वोवन नामक एक लाइन शुरू की* - जिसमें डिजाइन के माध्यम से गरिमा बहाल करने के लिए पूर्व कैदियों को नियुक्त किया गया।
- द वे में प्रशिक्षित एक पुलिस अधिकारी ने प्रत्येक शिफ्ट से पहले अपनी गश्ती टीम के साथ प्रार्थना करना शुरू कर दिया।

यह कोई संगठन नहीं था - यह **एक जीव था** ...
जीवित, साँस लेता, बढ़ता हुआ।

उनमें से प्रत्येक एक राजदूत बन गया - जो अपने दैनिक क्षेत्र में स्वर्ग का प्रतिनिधित्व करता था।

दृश्य चार: महाद्वीपीय संबंध

घाना, युगांडा और दक्षिण अफ्रीका से ईमेल आने लगे।
ब्राज़ील, फिलीपींस और यहाँ तक कि रूस से भी संदेश आने लगे।

"हमने ब्लॉग देखा... सीरीज़ देखी... कहानी देखी।"
"क्या हम द वे में शामिल हो सकते हैं?"

जल्द ही, विभिन्न भाषाओं में छोटे-छोटे वे सर्किल दिखाई देने लगे - केन्या में स्वाहिली, पेरू में स्पेनिश, मनीला में तागालोग, मॉस्को में रूसी।

वे सभी एक ही सरल लय का पालन करते थे:

शब्द - इसे पढ़ें।
चलें - इसे जीएं।
साक्षी बनें - इसे साझा करें।

और पूरी दुनिया में लोग यह वाक्यांश दोहराने लगे:

“सिर्फ विश्वास मत करो – बन जाओ।”

दृश्य पाँच: स्वर्ग का दूतावास

महीनों बाद, नैरोबी में एक सभा हुई।
कोई धर्मयुद्ध नहीं, सिर्फ़ एकता का संदेश। बारह देशों के प्रतिनिधि एक ही छत के नीचे इकट्ठा हुए।

पास्टर एस्तेर, रूथ, अनीता और उनकी बढ़ती हुई टीम उनके सामने खड़ी थी - किसी सेलिब्रिटी की तरह नहीं, बल्कि सेवक की तरह।

2 कुरिन्थियों 5:20 पढ़कर सभा की शुरूआत की :

"इसलिए हम मसीह के राजदूत हैं - मानो परमेश्वर हमारे माध्यम से अपनी अपील कर रहा हो।"

कमरा आँसुओं से भर गया।

अनीता आगे बढ़ी और फुसफुसाई,

"हमें पांच बार बचाया गया... लेकिन एक बार पाया गया।"

हॉल में सन्नाटा छा गया।
फिर तालियाँ बजीं - उनके सम्मान में नहीं, बल्कि इस बात का जश्न मनाने के लिए **कि अनुग्रह किस तरह पुनर्निर्माण कर सकता है** ।

दृश्य छहः वैश्विक विदाई

उन्होंने उस सभा का समापन एक नियुक्ति प्रार्थना के साथ किया। एक-एक करके हाथ रखे गए—प्रसिद्धि देने के लिए नहीं, बल्कि वफ़ादारी देने के लिए।

“अपने शहरों में जाओ…
अपने बोर्डरूम में… अपने घरों में… और अपने दिलों में… और शिष्यों का निर्माण करो – सजावट का नहीं।”

प्रार्थना यीशु के इन शब्दों के साथ समाप्त हुई:

"तुम जगत की ज्योति हो।
पहाड़ी पर बसा नगर छिप नहीं सकता।"

और जैसे-जैसे संगीत बढ़ता गया,
आप लगभग स्वर्ग की फुसफुसाहट सुन सकते थे:

“चर्च भवन छोड़ चुका है।”

प्रतिबिंब

दुनिया को और ज़्यादा मशहूर हस्तियों की नहीं, बल्कि ऐसे राजदूतों की ज़रूरत है जो
स्वर्ग की संस्कृति को धरती के कोने-कोने तक ले जाएँ।

एक राजदूत अपने शब्द नहीं बोलता - वह अपने राजा की इच्छा लेकर चलता है।

जब यीशु ने कहा,

"सारी दुनिया में जाओ,"
वह सिर्फ राष्ट्रों के बारे में बात नहीं कर रहे थे - उनका मतलब उद्योगों, समुदायों और परिवारों से था।

आपको उपदेश देने के लिए किसी मंच की ज़रूरत नहीं है।
आपका बोर्डरूम, आपकी कक्षा, आपकी रसोई - ये आपकी वेदियाँ हैं।

आप जहां भी खड़े हों, **ईश्वर द्वारा भेजे गए व्यक्ति की तरह खड़े हों** ।

शास्त्र कुंजियाँ

"इसलिए हम मसीह के राजदूत हैं, मानो परमेश्वर हमारे ज़रिए विनती कर रहा है।" — **2 कुरिन्थियों 5:20**

"तुम जगत की ज्योति हो... तुम्हारा प्रकाश दूसरों के सामने चमके।" — **मत्ती 5:14–16**

"वे पुराने खंडहरों का पुनर्निर्माण करेंगे और लंबे समय से उजड़े हुए स्थानों को पुनःस्थापित करेंगे।" — **यशायाह 61:4**

एक्शन चैलेंज

आज अपने आप से पूछें:

"ईश्वर ने मुझे किस पर्वत पर रखा है?"

शिक्षा? मीडिया? व्यवसाय? परिवार? सरकार? कला? धर्म?

फिर प्रार्थना करें:

"हे प्रभु, मुझे वहां अपना राजदूत बनाइये।"

आपको प्रसिद्ध होने की आवश्यकता नहीं है -
आपको बस वफादार होना है।

जब शिष्य राजदूत बन जाते हैं, तो
सुसमाचार एक संदेश नहीं रह जाता - बल्कि एक आंदोलन बन जाता है।

अध्याय 8 - राष्ट्र जागृत होते हैं

भजन संहिता 67:2 | हबक्कूक 2:14 | मत्ती 24:14

दृश्य एक: सीमाओं के पार चिंगारी

इसकी शुरुआत प्रार्थना सभाओं में फुसफुसाहट से हुई।

नैरोबी से लागोस तक।
काहिरा से केपटाउन तक। मुंबई की झुग्गियों से साओ पाउलो की सड़कों तक।

लोग बात कर रहे थे - किसी उपदेशक के बारे में नहीं, बल्कि एक पैटर्न के बारे में:

"शिष्य जो शिष्य बनाते हैं।"

घाना की यात्रा कर रहे एक केन्याई पत्रकार ने एक आम के पेड़ के नीचे एक परिचित घेरे को देखा -
विश्वासी लोग बारी-बारी से जॉन के सुसमाचार को पढ़ रहे थे। जब उनसे पूछा गया कि वे किस चर्च से संबंधित हैं, तो उन्होंने मुस्कुराते हुए कहा:

"हम *मार्ग हैं* - दीवारों के बिना चर्च।"

पत्रकार रो पड़ा।
यह कोई फ्रैंचाइज़ी नहीं थी। यह एक *परिवार था*।

दृश्य दो: प्रकाश की भाषाएँ

जल्द ही, अनुवाद आग की तरह फैलने लगे। अर्जेंटीना में एक युवा
कोडर ने
क्षेत्र के अनुसार
मंडलियों को जोड़ने के लिए एक वेबसाइट बनाई । मनीला में एक टीम
ने तागालोग में
"द वे लेसन्स" के ऑडियो संस्करण तैयार किए । रूस में, विश्वासी
वीपीएन के ज़रिए फुसफुसाते थे, कोड में छिपे हुए धर्मग्रंथ भेजते थे।

मेक्सिको में, शिष्य कैफ़े में मिलते थे—एस्प्रेसो की चुस्कियों के बीच
पर्वत पर उपदेश पढ़ते हुए।
फ्रांस में, कलाकारों के एक समूह ने पेरिस की सड़कों पर दृष्टांतों को
भित्तिचित्रों में बदल दिया।

प्रत्येक जीभ, प्रत्येक उपकरण, एक दिल की धड़कन को वहन करता
है:

“उन्हें सब बातें जो मैं ने तुम्हें आज्ञा दी है, मानना सिखाओ।” *(मत्ती 28:20)*

यह पश्चिमी नहीं था।
यह अफ़्रीकी नहीं था। यह *स्वर्ग की संस्कृति थी*, जो हर भाषा में अपनी
आवाज़ पाती थी।

दृश्य तीन: सरकारी निगरानी

एक सुबह, पादरी एस्तेर को एक पत्र मिला - किसी चर्च से नहीं, बल्कि **शिक्षा मंत्रालय से** ।

वे विश्वविद्यालयों से प्राप्त रिपोर्टों पर नज़र रख रहे थे -
नशीली दवाओं के दुरुपयोग में कमी, हिंसा में कमी, तथा स्वयंसेवा में वृद्धि।

पत्र में लिखा था:

"हम नहीं समझ पा रहे हैं कि आप क्या कर रहे हैं,
लेकिन जो भी हो, वह काम कर रहा है।"

जल्द ही, सरकारी अधिकारियों ने एक शिष्य समूह का निरीक्षण करने का अनुरोध किया।
एस्तेर ने धीरे से मुस्कुराते हुए कहा:

"आप सिर्फ देख नहीं सकते... आपको भाग लेना होगा।"

उन्होंने ऐसा किया।
और कई लोग रोते हुए चले गए।

एक वित्त मंत्री ने फुसफुसाते हुए कहा,

“मैंने दशकों से बजट पर हस्ताक्षर किए हैं, लेकिन यह… यह परिवर्तन है।”

दृश्य चार: वायुतरंगें बदलती हैं

लागोस में, **दामी नाम के एक रेडियो होस्ट** का देर रात का शो गपशप से भरा हुआ था।
अनीता की वायरल स्टोरी पढ़ने के बाद, उन्होंने उसे इंटरव्यू के लिए बुलाया।

वह चुपचाप, बिना किसी लाग-लपेट के आई।

जब उन्होंने अपनी यात्रा साझा की - वेदी आह्वान से लेकर व्यसन तक, प्रसिद्धि से लेकर आस्था तक - तो
लाखों लोगों ने इसे सुना।

स्टेशन पर टिप्पणियों की बाढ़ आ गई:

“मुझे लगता था कि मैं अकेला हूँ।”
“अब मुझे समझ आया कि सच्चा उद्धार क्या है।”

डमी ने अनीता की ओर देखा और कहा,

"हमारे पास माइक्रोफ़ोन हैं - आपके पास एक संदेश है। आइए साझेदारी करें।"

और पहली बार धर्मनिरपेक्ष रेडियो एक अभयारण्य बन गया।

दृश्य पाँच: व्यवसायियों का नाश्ता

दक्षिण कोरिया में, सीईओ का एक समूह सुबह-सुबह इकट्ठा होना शुरू हो गया।
कोई एजेंडा नहीं। कोई सौदेबाज़ी नहीं। बस बाइबल और सन्नाटा।

उनमें से एक ने कबूल किया,

“हमने कंपनियां तो बना लीं... लेकिन अपना चरित्र खो दिया।”

तीसरी बैठक तक वे मिशनों को वित्तपोषित कर रहे थे, स्कूलों को गोद ले रहे थे, और युवाओं को मार्गदर्शन दे रहे थे।

एक पर्यवेक्षक ने पूछा,

“तुममें क्या बदलाव आया है?”

उनके नेता ने उत्तर दिया,

"हमें केन्या से एक कहानी मिली—एक लड़की की, जिसे पाँच बार बचाया गया, लेकिन एक बार भी शिष्य नहीं बनाया गया। उस कहानी ने हमें बदल दिया।"

दृश्य छह: मध्य पूर्व का चमत्कार

मध्य पूर्व के एक छोटे से शहर में, करीम नाम के एक व्यक्ति को गुप्त रूप से शेयर की गई एक पीडीएफ़ मिली।
यह अरबी में अनुवादित " *द वे- जर्नी विद जीसस (40 डेज़)" थी।*

उन्होंने इसे हर रात अपनी कार्यशाला में पढ़ना शुरू कर दिया।

दसवें दिन तक, वह फुसफुसाया,

“यह यीशु… वह मौन में भी मेरे साथ चलता है।”

जल्द ही उनकी पत्नी भी उनके साथ आ गईं। फिर उनके पड़ोसी भी।

जब अधिकारी उनसे पूछताछ करने आए तो करीम मुस्कुराए और बोले,

"हम कोई धर्म शुरू नहीं कर रहे हैं। हम एक परिवार बन रहे हैं।"

वे भ्रमित होकर चले गए। लेकिन सुसमाचार बना रहा।

दृश्य सात: अफ्रीकी परिषद

महीनों बाद, बारह अफ्रीकी देशों के नेता एक अंतरधार्मिक मंच के लिए अबुजा में एकत्र हुए।

उनमें पादरी एस्तेर भी शामिल थीं।

जब उसकी बारी आई, तो वह स्लाइड या उद्धरण नहीं लाई, बल्कि अनीता की कहानी सुनाई।

कमरा शांत हो गया।
किसी ने कोई बहस नहीं की।

एक मुस्लिम विद्वान खड़ा हुआ और धीरे से बोला,

“यदि तुम्हारा मसीह इसी प्रकार प्रेम करता है... तो हमें उससे सीखना चाहिए।”

वह क्षण पवित्र था।
दीवारें टूट गईं। दिल खुल गए। यह समझौता नहीं था - यह करुणा थी।

दृश्य आठ: वैश्विक सम्मेलन

अगले वर्ष संयुक्त राष्ट्र से निमंत्रण आया।

विषय: *विश्वास, शांति और मानवता का भविष्य।*

अनीता, रूथ और एस्तेर एक साथ उपस्थित थे।

एक ब्रेकआउट सत्र में अनीता ने फिर से बताया:

"हमें और धर्मयुद्धों की ज़रूरत नहीं है — हमें बातचीत की ज़रूरत है। शिष्यत्व प्रेम है, बिजली नहीं।"

संचालक ने पूछा,

“और यह कहाँ से शुरू हुआ?”

अनीता मुस्कुराई.

"नैरोबी के एक छोटे से पार्क में - जब एक महिला ने पश्चाताप किया, और दूसरी ने हार मानने से इनकार कर दिया।"

पूरा कमरा तालियों से भर गया।

दृश्य नौ: भविष्यवाणी का वचन

उस रात एस्तेर ने फिर सपना देखा।

उसने महाद्वीपों को देखा—अफ़्रीका, एशिया, यूरोप, अमेरिका—सब अंगारों की तरह धधक रहे थे।
तभी किसी हाथ ने ग्लोब को छुआ, और समुद्रों में आग फैल गई।

अनेक जलों के समान एक आवाज ने कहा:

"यह पुनरुत्थान नहीं है - यह सुधार है।
मैं धर्मांतरित लोगों को नहीं बढ़ा रहा हूँ। मैं बेटों का निर्माण कर रहा हूँ।"

वह कांपते हुए उठी, फुसफुसाते हुए,

"हे प्रभु... ऐसा हो।"

दृश्य दस: स्वर्ग का दृष्टिकोण

स्वर्ग की बालकनी के चारों ओर स्वर्गदूत इकट्ठे होकर देख रहे थे।

धर्मयुद्ध नहीं। शोर नहीं। दिखावा नहीं।

बस वृत्त - घर - हृदय।

एक आवाज़ गूँजी,

"पृथ्वी यहोवा की महिमा के ज्ञान से ऐसी भर जाएगी
जैसा जल समुद्र में भरा रहता है।" *(हबक्कूक 2:14)*

और स्वर्ग आनन्दित हुआ -
क्योंकि शिष्यों ने अंततः *राष्ट्रों को शिष्य बनाना शुरु कर दिया था।*

प्रतिबिंब

सच्चा पुनरुत्थान सभाओं के बारे में नहीं है - यह हृदयों के शासन के बारे में है।

जब यीशु ने कहा,

"जाओ और सभी राष्ट्रों के लोगों को शिष्य बनाओ,"
वह हमें पर्यटन पर नहीं भेज रहे थे। वह हमें परिवर्तन पर भेज रहे थे।

शिष्यत्व बीज है।
राष्ट्र फसल है।

जब एक जीवन बदलता है, तो एक समुदाय बदलता है।
जब एक समुदाय बदलता है, तो एक राष्ट्र जागृत होता है।

अफ्रीका की आज्ञाकारिता एक वैश्विक आमंत्रण बन गई -
चलने के लिए, दौड़ने के लिए नहीं; जड़ों की ओर बढ़ने के लिए, भागने के लिए नहीं।

शास्त्र कुंजियाँ

"जिस से तेरा मार्ग पृथ्वी पर, और तेरा उद्धार सारी जातियों में जाना जाए।" — **भजन संहिता 67:2**

"पृथ्वी यहोवा की महिमा के ज्ञान से भर जाएगी।" — **हबक्कूक 2:14**

"राज्य का यह सुसमाचार सारे जगत में प्रचार किया जाएगा।" — **मत्ती 24:14**

एक्शन चैलेंज

पूछें: *"मेरी दुनिया के किस हिस्से को रोशनी की ज़रूरत है?"*
हो सकता है कि यह कोई राष्ट्र न हो - हो सकता है कि यह आपका पड़ोस हो।

प्रार्थना करना:

"हे प्रभु, मेरे घेरे को जगाओ।
राष्ट्र मुझसे शुरुआत करें।"

एक छोटा समूह शुरु करें।
अपनी गवाही साझा करें। एक सत्य सिखाएँ।

इसी तरह राष्ट्र जागृत होते हैं -
एक समय में एक शिष्य।

अध्याय 9 - *वापसी*

लूका 15:20 | प्रकाशितवाक्य 2:4–5 | फिलिप्पियों 1:6

दृश्य एक: वापसी की यात्रा

नैरोबी में रविवार की सुबह उज्ज्वल थी - लेकिन शोरगुल नहीं था।

न कोई रोशनी, न कोई कैमरा, न कोई मंच डिज़ाइन।
बस ग्लोरी पाथ चर्च के खुले दरवाज़ों से आती एक हल्की हवा — वही जगह जहाँ बरसों पहले हज़ारों लोग मुक्ति की तलाश में दौड़े थे।

अनीता प्रवेश द्वार पर खड़ी थी, उसके हाथ कांप रहे थे।

"पाँच साल हो गए," उसने फुसफुसाते हुए कहा।
"पाँच साल हो गए जब से मैं इस गलियारे से भागी हूँ।"

पादरी एस्तेर उसके पास मुस्कुराये।

"और पांच साल हो गए जब मैंने सीखा कि चलने का क्या मतलब है।"

उन्होंने एक-दूसरे को देखा, उनकी आँखों में आँसू थे - अपराधबोध से नहीं, बल्कि अनुग्रह से।

दृश्य दो: खाली मंच

मंच तो अब भी था - बस एलईडी लाइटें गायब थीं। कोई धुँआ देने वाली मशीनें नहीं थीं। कोई उल्टी गिनती वाली घड़ियाँ नहीं थीं।

इसके बजाय, आगे की पंक्ति में लकड़ी की कुर्सियों का एक घेरा भरा हुआ था।
बाइबलें खुली पड़ी थीं। मोमबत्तियाँ धीमी-धीमी टिमटिमा रही थीं।

रूत उनके सामने खड़ी थी, उसकी बाइबल **प्रकाशितवाक्य 2:4-5 पर खुली हुई थी** ।

“तुमने अपना पहला प्यार त्याग दिया है...
इसलिए याद करो कि तुम कहाँ से गिरे हो; पश्चाताप करो और पहले की तरह काम करो।”

उसकी आवाज़ टूट गई.

"यही वह जगह है। वह जगह जहाँ हमने प्यार को पीछे छोड़ दिया था।"

एस्तेर पहले घुटनों के बल बैठी।
फिर अनीता। फिर बाकी लोग।

आँसू उसी वेदी को छू गए -
लेकिन इस बार, वे मुक्ति की भीख नहीं मांग रहे थे। वे *पुनर्स्थापना के लिए भगवान को धन्यवाद दे रहे थे* ।

दृश्य तीन: सुलह

जब अनीता उठी तो उसने ऐसे चेहरे देखे जिन्हें उसने वर्षों से नहीं देखा था -
गायक मंडल के सदस्य, मार्गदर्शक, नाटक टीम के कलाकार।

एक-एक करके वे उसके पास पहुंचे।

“हमें तुम्हारी जाँच करनी चाहिए थी।”
“हमें समझ नहीं आया कि तुम किस स्थिति से गुज़र रहे थे।”

अनीता रो पड़ी.

“मैं तुम्हें माफ़ करता हूँ। मैं भी भटक गया था।”

उन्होंने गले लगाया -
दया और स्मृति के मिलन का चित्र।

उस क्षण में कोई भी नायक नहीं था।
केवल अनुग्रह ही नायक था।

दृश्य चार: नई वेदी का आह्वान

एस्तेर माइक्रोफोन हाथ में लेकर आगे की ओर चली गयी।

उन्होंने कहा, "एक समय था जब हम उठे हुए हाथों की गिनती करते थे।
आज, हम पुनर्जीवित दिलों की गिनती करते हैं।"

वह रुकी और चारों ओर देखने लगी।

"अगर तुम्हें बचा लिया गया है, लेकिन तुम कभी शिष्य नहीं बने... तो आगे आओ। हम तुम्हारे साथ चलेंगे।"

धीरे-धीरे लोग बाहर निकलने लगे।
दौड़ते नहीं, बल्कि चलते हुए - हाथों में हाथ डाले।

कोई तेज़ संगीत नहीं। कोई दबाव नहीं। बस मौजूदगी।

रूत ने प्रार्थना में उनका नेतृत्व किया - बचाव के लिए नहीं, बल्कि जड़ों के लिए।

दृश्य पाँच: बीज और मिट्टी

प्रार्थना सभा के बाद, बच्चों ने चर्च के गेट के बाहर पौधे लगाए।
हर पौधे पर एक टैग लगा था:

“मसीह में निहित। प्रेम में बढ़ते हुए।”

एस्तेर ने फुसफुसाते हुए कहा,

“उठाए गए प्रत्येक हाथ को बढ़ने के लिए मिट्टी मिलनी चाहिए।”

अनीता ने सिर हिलाया.

“अब कोई अचानक आग नहीं लगेगी - केवल जीवंत उद्यान होंगे।”

और उस दिन, नैरोबी ने कुछ नया देखा -
पुनरुत्थान की लपटें नहीं, बल्कि *शिष्यत्व की जड़ें*।

दृश्य छह: गवाही चक्र

चर्च के पास एक पेड़ के नीचे, पहला शिष्य समूह फिर से इकट्ठा हुआ। वही समूह जो रूत ने सालों पहले शुरू किया था।

अब वृद्ध, स्थिर, मजबूत।

उन्होंने परिवर्तन की कहानियाँ साझा कीं:

- एक पूर्व व्यसनी परामर्शदाता बन गया।
- एक अकेली मां अब किशोर लड़कियों को मार्गदर्शन दे रही है।
- एक गली का लड़का जिसने भजन याद कर लिया और अब पार्क में आराधना का नेतृत्व करता है।

अनीता यह सुनते ही मुस्कुराई।

"हर कहानी एक बातचीत से शुरू होती है... एक अनुवर्ती... एक वफादार कदम से।"

रूथ ने धीरे से उत्तर दिया,

"और एक उद्धारकर्ता जिसने कभी दस्तक देना बंद नहीं किया।"

दृश्य सात: हाथ और हृदय

उस रात अनीता ने सपना देखा।

उसने वही हाथ देखा जो उसने वर्षों पहले देखा था -
वह चमकता हुआ हाथ जो कांच के दरवाजों पर दस्तक देता था।

लेकिन इस बार, दरवाज़ा चौड़ा खुला।

हाथ अन्दर गया और एक आवाज़ बोली:

"तुमने एक बार रोते हुए कहा था, 'वह शांति कहाँ है जिसका वादा मुझसे किया गया था?'
अब, तुम उसे अपने साथ लेकर चल रहे हो।"

अनीता घुटनों के बल गिर पड़ी। उसकी आँखों से आँसू बहने लगे।

"प्रभु, धन्यवाद... जब हमने हार मान ली थी तब आपने हार नहीं मानी।"

दृश्य आठ: पूर्ण चक्र

अगली सुबह, अनीता शहर में घूमने निकली।

जिन बिलबोर्डों पर कभी धर्मयुद्ध के पोस्टर लगे होते थे, अब उन पर सामुदायिक परियोजनाएँ दिखाई देती हैं।
पहले प्रचार करने वाली टीमें अब सड़क पर प्रचारक बनकर अजनबियों के लिए भोजन परोस रही हैं और प्रार्थना कर रही हैं।

जब वह दीवार पर लगे एक भित्तिचित्र के पास से गुजरी तो वह रुक गई।

इसमें लिखा था:

“शिष्यत्व वह प्रेम है जो बना रहता है।”

वह मुस्कुराई.

"हां यह है।"

प्रतिबिंब

यह कहानी अनीता नाम की एक लड़की से शुरू हुई थी—जिसे पाँच बार बचाया गया, लेकिन एक बार भी शिष्य नहीं बनाया गया। लेकिन इसका अंत एक ऐसी महिला के पुनर्जन्म से होता है—भावना से नहीं, बल्कि एक मुठभेड़ से।

इसकी शुरुआत एक चर्च द्वारा धर्मांतरित लोगों की गिनती से हुई। इसका अंत राज्य द्वारा शिष्यों को विकसित करने के साथ होता है।

हम सभी किसी न किसी रूप में अनीता हैं — कृपा से आकर्षित, लेकिन सत्य से गढ़ी हुई।
और हम सभी एस्तेर हैं — संख्याओं से मोहित, जब तक कि प्रेम हमें रुकने और सुनने की याद नहीं दिलाता।

यीशु ने हमें कभी भीड़ इकट्ठा करने के लिए नहीं कहा।
उसने हमसे कहा कि हम उसका अनुसरण करें—धीरे-धीरे, गहराई से, और विश्वासपूर्वक।

और जब हम पहले प्यार की वेदी पर लौटते हैं, तो
हमें पता चलता है कि वह हमेशा से क्या चाहता था:
संगति, प्रदर्शन नहीं।

शास्त्र कुंजियाँ

"जब वह अभी दूर ही था, तो उसके पिता ने उसे देखकर उस पर तरस खाया।" — **लूका 15:20**

"तूने अपना पहला सा प्रेम त्याग दिया है... अपने पुराने कामों में फिर लौट जा।" — **प्रकाशितवाक्य 2:4–5**

"जिस ने तुम में अच्छा काम आरम्भ किया है, वही उसे पूरा भी करेगा।" — **फिलिप्पियों 1:6**

एक्शन चैलेंज

आज अपने आप से पूछें:

"क्या मैंने अपना पहला प्यार छोड़ दिया है?"

प्रार्थना करना:

"हे प्रभु, मुझे वापस ले आओ - प्रचार की ओर नहीं, बल्कि हृदय की ओर।"

संपर्क करें:
उस व्यक्ति से संपर्क करें जिसके लिए आपने कभी प्रार्थना की थी। उनके साथ चलें।

याद रखें:
उद्धार एक क्षण में शुरू होता है - लेकिन शिष्यत्व जीवन भर का होता है।

उपसंहार - बचाए गए लेकिन खो गए: हमारी पीढ़ी के लिए एक भविष्यसूचक दर्पण

मत्ती 28:19–20 | प्रकाशितवाक्य 3:15–20 | लूका 10:41–42

इसकी शुरुआत नैरोबी से हुई।
लेकिन यह सिर्फ़ केन्या तक सीमित नहीं था।

यह *हम सबके बारे में था* -
वैश्विक चर्च, आधुनिक विश्वासी, वह आत्मा जो आगे तो आई लेकिन कभी आगे नहीं बढ़ी।

ये हर उस वेदिका के बारे में है जिसने फ़ैसलों को तो गिना... लेकिन शिष्यों को भूल गए।
हर हाथ उठा... पर कभी थामा नहीं। हर "आमीन" चिल्लाया... पर कभी जिया नहीं।

आईना

सेव्ड बट लॉस्ट कोई कल्पना नहीं है - यह एक प्रतिबिंब है।

अनीता की कहानी लाखों लोगों की आवाज है -
जो दोबारा पैदा हुए, लेकिन कभी *ऊपर नहीं उठे*।

हमने ऐसे चर्च बनाए जो तेज़ी से चलते थे।
लेकिन स्वर्ग ने हमें *चलने के लिए बुलाया*।

हमने पुनरुत्थान सभाएँ आयोजित कीं जिनसे अखाड़े भर गए।
लेकिन यीशु अभी भी दरवाज़े के बाहर खड़ा था - दस्तक दे रहा था।

हमने मार्था की सेवा का जश्न मनाया
और मैरी की चुप्पी को भूल गए।

हमने संख्या तो बढ़ा ली,
लेकिन पोषण खो दिया।

हमने चिल्लाकर कहा, "हाँ, प्रभु!"
लेकिन यह पूछने के लिए कभी नहीं रुके, "अब क्या?"

चेतावनी

प्रकाशितवाक्य 3:15-16 अन्यजातियों के बारे में नहीं है।
यह विश्वासियों के लिए एक पत्र है— *उदासीन शिष्यों के लिए*,
जल्दबाज़ी में किए गए पुनरुत्थानों के लिए , और
बिना किसी अनुवर्ती कार्रवाई के विश्वास के लिए ।

"क्योंकि तुम न तो गर्म हो और न ही ठंडे,
मैं तुम्हें अपने मुंह से थूकने वाला हूँ।"

स्वर्ग को दुःखी करने वाला केवल पाप नहीं है -
बल्कि उथला उद्धार है।

यीशु उपस्थिति के लिए नहीं मरा।
वह संरेखण के लिए मरा।

जब हम समर्पण के स्थान पर गति का उपदेश देते हैं, तो
हम धर्मान्तरित लोगों को जन्म देते हैं - साथियों को नहीं।

जब हम लोगों के ऊपर प्लेटफॉर्म का पीछा करते हैं, तो
हम टावर बनाते हैं - टेबल नहीं।

और जब हम शिष्यत्व की उपेक्षा करते हैं, तो
हमें विकार विरासत में मिलता है।

कॉल

लेकिन आशा तो है ही।
आशा तो हमेशा रहती है।

विभिन्न राष्ट्रों में एक अवशेष उभर रहा है -
विनम्र, अनाम, वफ़ादार।

वे दिखावे के लिए नहीं,
बल्कि आकार देने के लिए इकट्ठा होते हैं।

वे पहले चर्च की लय पर लौट रहे हैं -
रोटी तोड़ना, दिलों को साझा करना, प्रतिदिन चलना।

अफ्रीका ने सबसे पहले दस्तक सुनी -
लेकिन अब एशिया जवाब दे रहा है। यूरोप सुन रहा है। अमेरिका में हलचल मची है।

चर्च अपने पहले प्यार को याद कर रहा है।

यह कहानी का अंत नहीं है -
यह यीशु का अपनी दुल्हन से पुनः परिचय है।

संदेश

यदि आप **बच गए हैं लेकिन खो गए हैं** ,
तो यह सुनिए:

यीशु आपको और अधिक प्रयास करने के लिए नहीं बुला रहे हैं।
वह आपको उनके और निकट आने के लिए बुला रहे हैं।

आपको पूर्णतया परिपूर्ण होने की आवश्यकता नहीं है -
बस उपस्थित रहें।

एक मंडली ढूँढ़ो।
उसकी आवाज़ को पहचानो। अपने पड़ोसी से प्रेम करो। शिष्य बनो और शिष्य बनाओ।

यह संकीर्ण मार्ग है -
एकमात्र ऐसा मार्ग जो स्थायी है।

"इसलिये तुम जाकर सब जातियों के लोगों को चेला बनाओ..." *(मत्ती 28:19)*

यह कोई नारा नहीं है।
यह एक आह्वान है।

प्रार्थना

पिता,
हम वापस आ रहे हैं।

भीड़ से लेकर संगति तक,
प्रचार से लेकर पवित्रता तक, संख्या से लेकर पोषण तक।

हम हर उस आत्मा के लिए पश्चाताप करते हैं जिसे हमने गिना,
लेकिन कभी नहीं ढोया।

हमें क्षमा करें कि हम
बिना हृदय बदले उठे हाथों का जश्न मनाते हैं।

सुनने के प्रति हमारे प्रेम को पुनः जागृत करें।
गहराई के प्रति हमारी भूख को पुनर्जीवित करें।

कलीसिया को धीमा होने दें -
ताकि वह फिर से आपके साथ चल सके।

यीशु के नाम में।
आमीन।

भविष्यवाणी की घोषणा

मैं इस पीढ़ी पर घोषणा करता हूँ -

खोखली वेदी पुकारों का युग समाप्त हो रहा है।
गहन शिष्यत्व का समय शुरू हो रहा है।

पवित्र आत्मा **जड़ जमाए हुए ईसाई धर्म को पुनः प्रस्तुत कर रहा है** ।
घर-घर जाकर। हृदय से हृदय तक।

चर्च अब गति के पीछे नहीं भागेंगे — वे शांति की तलाश करेंगे।
पादरी अब धर्मांतरित लोगों की गिनती नहीं करेंगे — वे साथी बढ़ाएँगे।
विश्वासी अब भटकेंगे नहीं — वे स्थिर रहेंगे।

और राष्ट्र केवल सुसमाचार को सुनेंगे ही नहीं -
वे इसे जीवन में भी **देखेंगे ।**

क्योंकि यीशु पुनः अपने चर्च का निर्माण कर रहा है -
और इस बार, नरक के द्वार प्रबल नहीं होंगे।

अंतिम शुल्क

आपको कोई सेलिब्रिटी बनने के लिए नहीं बुलाया गया है।
आपको एक **शिष्य बनने के लिए बुलाया गया है** ।

आपको वायरल होने के लिए नहीं बुलाया गया है।
आपको जाकर **शिष्य बनाने के लिए बुलाया गया है** ।

आपको देखने के लिए नहीं बुलाया गया है।
आपको **भेजने के लिए बुलाया गया है** ।

अनीता की कहानी वहीं ख़त्म होती है जहाँ आपकी कहानी शुरू होती है:
वेदी पर नहीं - बल्कि सड़क पर।

अपना क्रूस उठाओ।
उसका अनुसरण करो। प्रेम में चलो। और केवल विश्वास मत करो - **बन जाओ** ।

“मरियम ने उत्तम भाग चुन लिया है, और वह उससे छीना न जाएगा।”— *लूका 10:42*

“देख, मैं द्वार पर खड़ा हुआ खटखटाता हूँ...” — *प्रकाशितवाक्य 3:20*

“जिस ने तुम में अच्छा काम आरम्भ किया है, वही उसे पूरा भी करेगा।”— *फिलिप्पियों 1:6*

"सेव्ड बट लॉस्ट" आपका मनोरंजन करने के लिए नहीं, बल्कि **आपको जगाने** के लिए लिखा गया है ।

यीशु अभी भी दस्तक दे रहे हैं।
क्या आप खोलेंगे?

बचाया गया लेकिन खोया हुआ — अध्ययन और चिंतन मार्गदर्शिका

निर्णय से शिष्यत्व तक 9 सत्रों की यात्रा

“उन्हें सब बातें मानना सिखाओ जो मैंने तुम्हें आज्ञा दी है।”— *मत्ती 28:20*

सत्र 1: *भ्रम*

लूका 10:38–41 | मत्ती 23:15

सारांश

ग्लोरी पाथ चर्च रोशनी और नारों से जगमगा रहा था—लेकिन उसमें प्रेम की कमी थी। पादरी एस्तेर की सेवकाई में हज़ारों फ़ैसले गिनाए गए, लेकिन शिष्यत्व को नज़रअंदाज़ किया गया। अनीता, जिसे पाँच कलीसियाओं में पाँच बार बचाया गया था, उस पीढ़ी का प्रतीक थी जो भावनात्मक क्षणों की तलाश में थी, लेकिन परिवर्तन से वंचित थी।

चिंतन प्रश्न

1. आधुनिक मसीहियत ने शिष्यत्व के स्थान पर तमाशा कैसे अपना लिया है?

2. हम भावनात्मक प्रतिक्रिया और सच्चे परिवर्तन के बीच कैसे अंतर कर सकते हैं?
3. हमारे आस-पास " अनीता " हैं - ऐसे लोग जिनकी प्रशंसा की जाती है, लेकिन जिनकी परवाह नहीं की जाती?

प्रार्थना फोकस

"हे प्रभु, हमारी आँखें खोलो उन भ्रमों के प्रति जो हमने बनाए हैं। हमें हाथ नहीं, दिल देखना सिखाओ।"

प्रचार में फंसे चर्चों के लिए प्रार्थना करें कि वे विनम्रता और गहराई को पुनः पा सकें।

जीवन अनुप्रयोग

किसी ऐसे व्यक्ति का नाम लिखिए जो कभी मसीह के पास आया था, लेकिन अब उससे दूर चला गया है। इस हफ़्ते उससे संपर्क करें। पूछें कि वह वास्तव में कैसा है—आध्यात्मिक रूप से नहीं, बल्कि व्यक्तिगत रूप से।

सत्र 2: *द नॉक*

प्रकाशितवाक्य 3:15–20 | लूका 10:42

सारांश

जब कलीसिया शीघ्र उद्धार का उत्सव मना रही थी, यीशु बाहर दस्तक दे रहे थे। रूत की सत्य की आवाज़ भीड़ को चीरती हुई एस्तेर को याद दिला रही थी कि बिना रिश्ते के पुनरुत्थान प्रेम के विरुद्ध विद्रोह है।

चिंतन प्रश्न

1. हम कितनी बार यीशु की बात सुने बिना "सेवा" करते हैं?
2. *हमारे चर्च के दरवाजे* पर दस्तक देने का क्या मतलब है ?
3. हम आध्यात्मिक जीवन में धीमा पड़ने का विरोध क्यों करते हैं?

प्रार्थना फोकस

"प्रभु यीशु, हम द्वार खोलते हैं। हमारे बीच फिर से प्रवेश करें। हमारे साथ भोजन करें। हमें आपकी प्रतीक्षा करना सिखाएँ।"

जीवन अनुप्रयोग

इस हफ़्ते बिना किसी कार्यक्रम के एक पूरा घंटा निकालिए—सिर्फ़ परमेश्वर की उपस्थिति में चुपचाप बैठने के लिए। वह आपके दिल पर क्या छाप छोड़ते हैं, उसे लिखिए।

सत्र 3: *संकट*

मत्ती 23:15 | भजन संहिता 51:17

सारांश

अनीता के ब्लॉग, "बचाया गया लेकिन भुला दिया गया," ने आंकड़ों के खेल की खोखली सच्चाई को उजागर कर दिया। चर्च घबरा गए, लेकिन स्वर्ग पश्चाताप के लिए पुकार रहा था। संकट असफलता का नहीं था - यह एक दिव्य हस्तक्षेप था।

चिंतन प्रश्न

1. चर्च ने कौन से आधुनिक "सफलता मापदण्ड" अपनाये हैं जो मसीह के मॉडल का खंडन करते हैं?
2. सार्वजनिक रूप से उजागर किया जाना निजी पश्चाताप का साधन कैसे बन सकता है?
3. आज नेताओं के लिए परमेश्वर के सामने टूटना कैसा दिखता है?

प्रार्थना फोकस

"हे प्रभु, संकट का उपयोग शुद्धिकरण के लिए करें, निंदा करने के लिए नहीं। अपनी दुल्हन को शुद्ध करें।"

नेताओं में अपनी असफलताओं का सामना करने और परिवर्तन लाने के लिए साहस की प्रार्थना करें।

जीवन अनुप्रयोग

एक स्वीकारोक्ति पत्र लिखें — अपराधबोध का नहीं, बल्कि विकास का।
स्वीकार करें कि आपने गहराई की बजाय गति को कैसे प्राथमिकता दी है। इसे किसी मार्गदर्शक या जवाबदेही भागीदार के साथ साझा करें।

सत्र 4: *अवशेष*

लूका 10:42 | यूहन्ना 15:5

सारांश

एस्तेर ने धर्मयुद्ध रोक दिए और आत्मीयता में लौट आई। जो कुछ लोग बचे थे—रूथ, मरियम, अनीता—उन्होंने धीरे-धीरे शिष्यत्व का कार्य शुरू किया। जो हानि के रूप में शुरू हुआ था, वह विरासत बन गया।

चिंतन प्रश्न

1. परमेश्वर अक्सर एक भीड़ से नहीं, बल्कि बचे हुए लोगों से निर्माण क्यों करता है?
2. "उपस्थित लोगों" और "शिष्यों" के बीच क्या अंतर है?
3. छोटे वृत्त कैसे बड़े परिवर्तन को जन्म दे सकते हैं?

प्रार्थना फोकस

"हे प्रभु, हमें कुछ लोगों के लिए आँखें दीजिए – और भविष्य के लिए विश्वास दीजिए।"

जल्दबाजी बंद करने और समर्थन शुरू करने के लिए साहस के लिए प्रार्थना करें।

जीवन अनुप्रयोग

दो-तीन दोस्तों को इकट्ठा करें और साप्ताहिक धर्मशास्त्र यात्रा शुरू करें।
एक सुसमाचार चुनें, एक अध्याय पढ़ें, और परमेश्वर ने जो बताया है उसे दूसरों के साथ बाँटें।

सत्र 5: राजदूत

2 कुरिन्थियों 5:20 | मत्ती 5:14–16

सारांश

शिष्य परिपक्व होकर राजदूत बन गए—राज्य की संस्कृति को स्कूलों, दफ्तरों, मीडिया और राजनीति तक पहुँचाने लगे। एस्तेर को एहसास हुआ: सच्चा पुनरुत्थान सिर्फ़ रविवार तक नहीं, बल्कि सोमवार से शनिवार तक होता है।

चिंतन प्रश्न

1. परमेश्वर ने आपको अपना राजदूत कहां रखा है?

2. आप एक पतित संस्कृति में स्वर्ग के मूल्यों का प्रतिनिधित्व कैसे करते हैं?
3. यदि प्रत्येक विश्वासी अपने कार्य को एक मिशन क्षेत्र के रूप में देखे तो क्या परिवर्तन होगा?

प्रार्थना फोकस

"पिता, मुझे अपना राजदूत बनाओ - विश्वासयोग्य, निडर और फलदायी।"

अपने कार्यस्थल, समुदाय या राष्ट्र के लिए "स्वर्ग के दूतावास" के रूप में प्रार्थना करें।

जीवन अनुप्रयोग

एक दैनिक वातावरण (स्कूल, कार्यालय, सड़क) की पहचान करें और एक राज्य कार्य करें - प्रार्थना करें, प्रोत्साहित करें, सेवा करें, या एक सच्चाई साझा करें।

सत्र 6: राष्ट्र जागृत

हबक्कूक 2:14 | भजन संहिता 67:2

सारांश

शिष्यत्व का प्रसार विश्व भर में हुआ—नैरोबी से न्यूयॉर्क तक, काहिरा से सियोल तक। सरकारों, व्यवसायों और मीडिया ने असाधारण अनुग्रह धारण करने वाले साधारण विश्वासियों के माध्यम से परिवर्तन देखना शुरू कर दिया।

चिंतन प्रश्न

1. "राष्ट्रों को शिष्य बनाने" का क्या अर्थ है?
2. छोटी सी आज्ञाकारिता कैसे बड़ी जागृति उत्पन्न कर सकती है?
3. कौन सा राष्ट्र या जनसमूह आपके दिल में बसता है?

प्रार्थना फोकस

"हे प्रभु, पृथ्वी को अपने ज्ञान से ऐसे भर दीजिए जैसे जल समुद्र को भर देता है।"

विभिन्न महाद्वीपों के मिशनरियों, शिष्य-निर्माताओं और सुधारकों के लिए प्रार्थना करें।

जीवन अनुप्रयोग

एक दिन दूसरे देश के बारे में जानने में बिताएँ।
उसके नेताओं, युवाओं और कलीसियाओं के लिए प्रार्थना करें।
परमेश्वर से प्रार्थना करें कि वह आपको एक वैश्विक कार्य सौंपे।

सत्र 7: *वापसी*

प्रकाशितवाक्य 2:4–5 | लूका 15:20

सारांश

अनीता और एस्तेर ग्लोरी पाथ पर लौट आईं—किसी और वेदी के आह्वान के लिए नहीं, बल्कि प्रेम से पुनर्निर्माण के लिए। उन्होंने शोर को पोषण से, चमक को विश्वासयोग्यता से बदल दिया। वह द्वार जो कभी यीशु को बाहर रखता था, अब खुला था।

चिंतन प्रश्न

1. आपके लिए व्यक्तिगत रूप से "पहले प्यार की ओर लौटना" का क्या अर्थ है?
2. अपना रास्ता भटक जाने के बाद चर्च पुनः गर्मजोशी कैसे बहाल कर सकते हैं?
3. क्या संकेत हैं कि मसीह सचमुच पुनः केन्द्रीय है?

प्रार्थना फोकस

"हमारे उद्धार का आनन्द हमें लौटा दे, और हमारे हृदयों को दृढ़ कर।"

अपने आचरण में सुधार के लिए प्रार्थना करें - क्रियाशीलता के लिए नहीं, बल्कि स्नेह के लिए।

जीवन अनुप्रयोग

अपनी "पहली वेदी" पर जाएँ—एक चर्च, जगह, या वह क्षण जहाँ ईश्वर कभी आपसे मिले थे।
आपको इतनी दूर तक लाने के लिए उनका धन्यवाद करें—फिर उनसे अपनी भक्ति को और गहरा करने के लिए प्रार्थना करें।

सत्र 8: उपसंहार - एक भविष्यसूचक दर्पण

प्रकाशितवाक्य 3:19–20 | फिलिप्पियों 1:6

सारांश

"बचाया गया लेकिन खोया" हार में नहीं, बल्कि ईश्वरीय पुनर्निर्देशन में समाप्त होता है।
यह हमारी पीढ़ी के लिए स्वर्ग का दर्पण है—विश्वासियों को वापस चलने के लिए बुला रहा है, भागने के लिए नहीं। धर्मांतरितों से साथियों तक। शोर से ज्ञान तक।

चिंतन प्रश्न

1. आपकी आस्था यात्रा में ईश्वर ने कौन से भ्रम तोड़े हैं?
2. यह कहानी आपके दूसरों को शिष्य बनाने के तरीके को कैसे प्रभावित कर सकती है?
3. आज आपके लिए “फिर से पाया जाना” का क्या मतलब है ?

प्रार्थना फोकस

"यीशु, दस्तक देने के लिए शुक्रिया। हम हर दरवाज़ा फिर से खोलते हैं।"

प्रार्थना करें कि यह पीढ़ी प्रदर्शन की अपेक्षा गहराई को महत्व दे।

जीवन अनुप्रयोग

एक नए विश्वासी के साथ 40 दिनों तक चलने का संकल्प लें। साथ मिलकर अध्ययन करें। साथ मिलकर खाएँ। साथ मिलकर बढ़ें। स्वर्ग आपके हर कदम पर आनन्दित होता है।

सत्र 9: आपकी बारी - अपना अध्याय लिखें

यूहन्ना 21:25 | मत्ती 28:19–20

सारांश

अगर यह कहानी आज लिखी जाती, तो आपका जीवन एक पन्ना होता।
हर शिष्य की आज्ञाकारिता परमेश्वर की खुलती कहानी में एक और आयत जोड़ती है।

चिंतन प्रश्न

1. आपका अध्याय क्या कहेगा?
2. आप अगला शिष्य किसे बनाएंगे?
3. रविवार के बाद आपका जीवन मसीह के हृदय को कैसे प्रतिबिम्बित करेगा?

प्रार्थना फोकस

“हे प्रभु, जो कहानी आप अभी भी सुना रहे हैं उसमें मेरा नाम भी लिख दीजिए।”

अपनी आज्ञाकारिता के लिए पवित्र आत्मा को आमंत्रित करें।

जीवन अनुप्रयोग

अपने सफ़र का ब्यौरा लिखना शुरू करें।
गवाही को डायरी में लिखें। सबक दर्ज करें। आशा बाँटें। किसी दिन, कोई आपका जीवन पढ़ सकता है — और यीशु से मिल सकता है।

अंतिम विचार:

बैठने के लिए नहीं बचाए गए हैं ।
आप *सेवा करने, बढ़ने और आगे बढ़ने के लिए बचाए गए हैं*।

मसीह के लिए हर निर्णय मसीह
के साथ एक यात्रा बन जाना चाहिए। स्वर्ग इसी तरह सफलता को मापता है—एक-एक शिष्य के आधार पर।

दोबारा जन्म कैसे लें और मसीह के साथ एक नया जीवन कैसे शुरू करें

हो सकता है कि आप पहले भी यीशु के साथ चल चुके हों, या हो सकता है कि आप उनसे इन 40 दिनों में ही मिले हों। लेकिन अभी, आपके अंदर कुछ हलचल हो रही है।

आप धर्म से कहीं ज़्यादा के लिए तैयार हैं।
आप **रिश्तों के लिए तैयार हैं** ।
आप यह कहने के लिए तैयार हैं, "हे यीशु, मुझे आपकी ज़रूरत है।"

सच्चाई यह है:

"क्योंकि सब ने पाप किया है; हम सब परमेश्वर की महिमा की माप से रहित हैं... तौभी परमेश्वर अपने अनुग्रह से हमें अपनी दृष्टि में सेंतमेंत धर्मी ठहराता है।"
- रोमियों 3:23–24

आप मुक्ति नहीं कमा सकते।
आप खुद को ठीक नहीं कर सकते। लेकिन यीशु ने पहले ही पूरी कीमत चुका दी है - और वह आपका घर में स्वागत करने के लिए इंतज़ार कर रहा है।

दोबारा जन्म कैसे लें

नये सिरे से जन्म लेने का अर्थ है अपने जीवन को यीशु के हाथों में सौंपना - उसकी क्षमा को स्वीकार करना, यह विश्वास करना कि वह मरा और फिर जी उठा, और उसे अपने प्रभु और उद्धारकर्ता के रूप में स्वीकार करना।

यह सरल है। यह शक्तिशाली है। यह सब कुछ बदल देता है।

ज़ोर से प्रार्थना करें:

"प्रभु यीशु, मैं विश्वास करता हूँ कि आप परमेश्वर के पुत्र हैं। मेरा मानना है कि आप मेरे पापों के लिए मरे और फिर से जी उठे। मैं स्वीकार करता हूँ कि मैंने पाप किया है और मुझे आपकी क्षमा की आवश्यकता है। आज, मैं पश्चाताप करता हूँ और अपने पुराने मार्गों से फिरता हूँ। मैं आपको अपने जीवन में अपने प्रभु और उद्धारकर्ता के रूप में आमंत्रित करता हूँ। मुझे धोकर शुद्ध करें। मुझे अपनी आत्मा से भर दें। मैं घोषणा करता हूँ कि मैं नया जन्म, क्षमा और स्वतंत्र हूँ। आज से, मैं आपका अनुसरण करूँगा—और आपके पदचिन्हों पर चलूँगा। मुझे बचाने के लिए धन्यवाद। यीशु के नाम में, आमीन।"

उद्धार के बाद अगले कदम

1. **किसी को बताएं** - अपने निर्णय को उस विश्वासी के साथ साझा करें जिस पर आप भरोसा करते हैं।
2. **बाइबल-आधारित चर्च खोजें - ऐसे समुदाय से जुड़ें जो परमेश्वर के वचन की शिक्षा देता है और उसे जीवन में उतारता है।** https://www.otakada.org या https://chat.whatsapp.com/H67spSun32DDTma8TLh0ov के ज़रिए ऑनलाइन गॉड्स ईगल मिनिस्ट्रीज़ पर जाएँ।

3. **बपतिस्मा लें** - अपने विश्वास की घोषणा करने के लिए सार्वजनिक रूप से अगला कदम उठाएँ।
4. **प्रतिदिन बाइबल पढ़ें** - यूहन्ना के सुसमाचार से शुरू करें।
5. **प्रतिदिन प्रार्थना करें** – परमेश्वर से मित्र और पिता के रूप में बात करें।
6. **जुड़े रहें** - अपने आसपास ऐसे लोगों को रखें जो आपकी नई राह को प्रोत्साहित करते हैं।
7. **समुदाय के भीतर शिष्यत्व प्रक्रिया शुरू करें** - इन लिंक के माध्यम से यीशु मसीह के साथ व्यक्तिगत संबंध विकसित करें

40-दिवसीय शिष्यत्व 1 - https://www.otakada.org/get-free-40-days-online-discipleship-course-in-a-journey-with-jesus/

40 शिष्यत्व 2 - https://www.otakada.org/get-free-40-days-dna-of-discipleship-journey-with-jesus-series-2/

मेरी मुक्ति का क्षण

तारीख : ______________________

हस्ताक्षर : ___________________

"यदि कोई मसीह में है तो वह नई सृष्टि है; पुरानी बातें बीत गई हैं; देखो, सब नई हो गई हैं!"
—2 कुरिन्थियों 5:17

मसीह में नए जीवन का प्रमाण पत्र

उद्धार की घोषणा – अनुग्रह द्वारा पुनर्जन्म

यह प्रमाणित करता है कि

____

(पूरा नाम)

यीशु मसीह को प्रभु और उद्धारकर्ता के रूप में
सार्वजनिक रूप से विश्वास घोषित किया है और उसकी मृत्यु और पुनरुत्थान के माध्यम से मुक्ति का मुफ्त उपहार प्राप्त किया है।

"यदि तुम खुलकर घोषणा करो कि यीशु प्रभु है और अपने मन में विश्वास करो कि परमेश्वर ने उसे मरे हुओं में से जिलाया, तो तुम निश्चय उद्धार पाओगे।"
— रोमियों 10:9 (NLT)

इस दिन स्वर्ग आनन्दित होता है और एक नई यात्रा शुरू होती है।

निर्णय की तिथि : __________________________

हस्ताक्षर : _________________________________

मुक्ति घोषणा

"आज, मैं अपना जीवन यीशु मसीह को समर्पित करता हूँ।
मेरा मानना है कि उन्होंने मेरे पापों के लिए प्राण त्यागे और फिर से जी उठे। मैं उन्हें अपना प्रभु और उद्धारकर्ता स्वीकार करता हूँ। मुझे क्षमा कर दिया गया है, मेरा पुनर्जन्म हुआ है और मैं नया बना हूँ। अब से, मैं उनके पदचिन्हों पर चलूँगा।"

वेलकम टू द फैमिली ऑफ गॉड!

आपका नाम मेमने की जीवन की पुस्तक में लिखा है।
आपकी कहानी अभी शुरु हुई है—और यह अनंत है।

गॉड्स ईगल मिनिस्ट्रीज़ से जुड़ें

- वेबसाइट: www.otakada.org
- चिंता से परे धन श्रृंखला: www.wealthbeyondworryseries.com
- ईमेल: ambassador@otakada.org

- **इस कार्य का समर्थन करें:**

वाचा-आधारित दान के माध्यम से राज्य परियोजनाओं, मिशनों और निःशुल्क वैश्विक संसाधनों का समर्थन करें।

दान देने के लिए QR कोड स्कैन करें
https://tithe.ly/give?c=308311

आपकी उदारता हमें ज़्यादा लोगों तक पहुँचने, संसाधनों का अनुवाद करने, मिशनरियों का समर्थन करने और विश्व स्तर पर शिष्यत्व प्रणालियाँ बनाने में मदद करती है। धन्यवाद!

Give in the Spirit of Luke 6:38

3. हमारे व्हाट्सएप वाचा समुदाय में शामिल हों

अपडेट, भक्ति सामग्री प्राप्त करें, और दुनिया भर में वाचा-दिमाग वाले विश्वासियों से जुड़ें।

जुड़ने के लिए स्कैन करें
https://chat.whatsapp.com/H67spSun32DDTma8TLh0ov

लेखकों के बारे में

ज़कारियास गॉडसीगल

ज़करियास गॉडसीगल , एक भविष्यवक्ता और शिक्षक हैं जो विश्वासियों के हृदय में परमेश्वर के वचन को जीवंत करने के लिए समर्पित हैं। आध्यात्मिक युद्ध, प्रार्थना और मुक्ति के बारे में अपनी गहरी अंतर्दृष्टि के लिए जाने जाने वाले, उन्होंने कई भक्ति-पुस्तकें और भविष्यसूचक मार्गदर्शिकाएँ लिखी हैं जो व्यक्तियों, परिवारों और राष्ट्रों में परिवर्तन की प्रेरणा देती हैं। उनके लेखन दैनिक विजय और राज्य की उन्नति के लिए पवित्रशास्त्र के व्यावहारिक अनुप्रयोग पर ज़ोर देते हैं।

कम्फर्ट लेडी ओग्बे

कम्फर्ट लेडी ओगबे प्रार्थना, मध्यस्थता और व्यावहारिक सेवा में तत्पर हैं। उन्होंने अपना जीवन आत्माओं के पोषण, मध्यस्थों को तैयार करने और महिलाओं व परिवारों को संपूर्णता से जीने के लिए तैयार करने के लिए समर्पित कर दिया है—आत्मा, प्राण और शरीर। उनकी शिक्षा और पादरी-देखभाल करुणामय हृदय को दर्शाती है, जो लोगों को मसीह के उपचारात्मक आलिंगन में खींचती है और उन्हें अपने ईश्वर-प्रदत्त भाग्य को जानने के लिए सशक्त बनाती है।

राजदूत मंडे ओ. ओगबे

राजदूत मंडे ओ. ओगबे एक **राष्ट्रीय परिवर्तन रणनीतिकार** , मंत्री और सलाहकार हैं जो आस्था, शासन और सुरक्षा रणनीति के बीच सेतु का काम करते हैं। वे **गॉड्स ईगल मिनिस्ट्रीज़ (GEM) के संस्थापक हैं**

और राज्य के सिद्धांतों का उपयोग करते हुए नेतृत्व, सुरक्षा और परिवर्तन के लिए राष्ट्रीय ब्लूप्रिंट विकसित करने में महत्वपूर्ण भूमिका निभाते रहे हैं। उनके लेखन और शिक्षाएँ विश्वासियों को सुधारक के रूप में उभरने, अंतर्दृष्टि, तकनीक और सहयोग के माध्यम से राष्ट्रों का पुनर्निर्माण करने, और प्रार्थना और आध्यात्मिक युद्ध में गहराई से जुड़े रहने का आह्वान करती हैं।

प्रकाशकों

जकारिया गॉडसीगल और **गॉड्स ईगल मिनिस्ट्रीज (जीईएम)** के संयुक्त प्रकाशन के तहत प्रकाशित की गई है , जो राष्ट्रों में शिष्यत्व, उद्धार और परिवर्तन के लिए मसीह के शरीर को उपकरणों से सुसज्जित करने के लिए समर्पित मंत्रालय है।

अनुशंसित पुस्तकें और संसाधन

आध्यात्मिक युद्ध और पुनर्प्राप्ति के 7 दिन - यह भाग 1 है

शत्रु को बांधना, तीरों को सात गुना वापस करना, और अपना भाग्य पुनः स्थापित करना

https://shop.ingramspark.com/b/084?params=8mPzqUl73Ex7uPyeO7ydyt8EGkkB6u2gX1jZvWU8j1C

ई-बुक लिंक - https://www.amazon.com/DAYS-SPIRITUAL-WARFARE-RECOVERY-Returning-ebook/dp/B0FMPJM5KZ

अंधकार से प्रभुत्व की ओर: अंधकार की गुप्त पकड़ से मुक्त होने के लिए 40 दिन

–

जागरूकता, मुक्ति और शक्ति की एक वैश्विक भक्ति - उन व्यक्तियों, परिवारों और राष्ट्रों के लिए जो स्वतंत्र होने के लिए तैयार हैं

किताबचा

https://shop.ingramspark.com/b/084?params=aVgp21QfwJxNANkfMxIQ0yejuFCVY12KFr978SRkZUD

अमेज़न लिंक - https://www.amazon.com/DARKNESS-DOMINION-Devotional-Awareness-Deliverance-ebook/dp/B0FLDH2Y67

- ***अंधकार की शक्ति से मुक्ति*** **(पेपरबैक)** - यहाँ से खरीदें | अमेजन पर ई-बुक

    - **संयुक्त राज्य अमेरिका से शीर्ष समीक्षाएं:**
        - **किंडल ग्राहक** : "अब तक का सबसे अच्छा ईसाई पाठ!" (5 सितारे)

इस गवाही के लिए यीशु की स्तुति करो। मुझे बहुत आशीष मिली है और मैं सभी को यह किताब पढ़ने की सलाह दूँगा... क्योंकि पाप की मज़दूरी तो मृत्यु है, परन्तु परमेश्वर का वरदान अनन्त जीवन है। शालोम! शालोम!

- **दा गस्टर** : "यह एक बहुत ही रोचक और अजीब किताब है।" (5 सितारे)

यदि पुस्तक में कही गई बातें सच हैं तो हम वास्तव में दुश्मन की क्षमता से बहुत पीछे हैं! ... आध्यात्मिक युद्ध के बारे में जानने के इच्छुक किसी भी व्यक्ति के लिए यह पुस्तक आवश्यक है।

- **वीज़ा** : "मुझे यह किताब बहुत पसंद है" (5 सितारे)

यह आँखें खोलने वाला है... एक सच्चा इक़बालिया बयान... पिछले कुछ समय से मैं इसे खरीदने के लिए हर जगह ढूँढ रहा था। अमेज़न से इसे पाकर बहुत खुश हूँ।

- **फ्रैंकजेएम** : "काफी अलग" (4 सितारे)

यह किताब मुझे याद दिलाती है कि आध्यात्मिक युद्ध कितना वास्तविक है। यह मुझे "परमेश्वर के सम्पूर्ण कवच" धारण करने का कारण भी याद दिलाती है।

- **जेनजेन** : "जो कोई भी स्वर्ग जाना चाहता है - इसे पढ़ें!" (5 सितारे)

इस किताब ने मेरी ज़िंदगी बहुत बदल दी। जॉन रामिरेज़ की गवाही के साथ, यह आपको अपने विश्वास को एक अलग नज़रिए से देखने पर मजबूर कर देगी। मैंने इसे 6 बार पढ़ा है!

- *एक्स-सैटेनिस्ट: द जेम्स एक्सचेंज* (पेपरबैक) — यहाँ से खरीदें | अमेजन पर ई-बुक

- ***एक अफ्रीकी पूर्व शैतानवादी की गवाही*** *- पादरी जोनास लुकुंटू म्पला* (पेपरबैक) — यहाँ से खरीदें | अमेजन पर ई-बुक

- *ग्रेटर एक्सप्लॉइट्स 14* (पेपरबैक) — यहाँ से खरीदें | अमेज़न पर ई-बुक

- जॉन रामिरेज़ द्वारा लिखित *आउट ऑफ़ द डेविल्स कौल्ड्रॉन* – अमेज़न पर उपलब्ध
- रेबेका ब्राउन द्वारा लिखित ' *वह बंदियों को आज़ाद कराने आया था'* - अमेज़न पर खोजें

लेखक द्वारा प्रकाशित अन्य पुस्तकें – 1000 से अधिक शीर्षक

प्रेम, चयन और संपूर्ण : अस्वीकृति से पुनर्स्थापना तक की 30-दिवसीय यात्रा का विश्व की 40 भाषाओं में अनुवाद

https://www.amazon.com/Loved-Chosen-Whole-Rejection-Restoration-ebook/dp/B0F9VSD8WL

https://shop.ingramspark.com/b/084?params=xga0WR16muFUwCoeMUBHQ6HwYjddLGpugQHb3DVa5hE

Loved, Chosen
and Whole
A 30-Day Journey
from Rejection to
Restoration
Zacharias Godseagle; Ambassador
Monday O. Ogbe; Comfort Ladi Ogbe

उनके कदमों में - एक 40-दिवसीय WWJD चुनौती:

दुनिया भर में वास्तविक जीवन की कहानियों में यीशु की तरह जीना

https://www.amazon.com/His-Steps-Challenge-Real-Life-Stories-ebook/dp/B0FCYTL5MG

https://shop.ingramspark.com/b/084?params=DuNTWS59IbkvSKtGFbCbEFdv3Zg0FaITUEvlK49yLzB

यीशु द्‌वार पर:

40 हृदय विदारक कहानियाँ और आज के चर्चों के लिए स्वर्ग की अंतिम चेतावनी

https://www.amazon.com/dp/B0FDX31L9F

https://shop.ingramspark.com/b/084?params=TpdA5j8WPvw83glJ12N1B3nf8LQte2a1lIEy32bHcGg

JESUS AT THE DOOR
40 HEARTBREAKING STORIES AND HEAVEN'S FINAL WARNING TO TODAY'S CHURCHES
ZACHARIAS GODSEAGLE, COMFORT LADI OGBE, AMBASSADOR MONDAY O. OGBE

वाचा का जीवन: व्यवस्थाविवरण 28 की आशीष में 40 दिन चलना

- https://www.amazon.com/dp/B0FFJCLDB5

वास्तविक लोगों की कहानियाँ, वास्तविक आज्ञाकारिता, और वास्तविक

https://shop.ingramspark.com/b/084?params=bH3pzfz1zdCOLpbs7tZYJNYgGcYfU32VMz3J3a4e2Qt

20 से अधिक भाषाओं में परिवर्तन

उसे जानना और उसे जानना:

उपचार, समझ और स्थायी प्रेम के लिए 40 दिन

https://www.amazon.com/KNOWING-HER-HIM-Healing-Understanding-ebook/dp/B0FGC4V3D9

https://shop.ingramspark.com/b/084?params=vC6KCLoI7Nnum24BVmBtSme9i6k59p3oynaZOY4B9Rd

पूर्ण करें, प्रतिस्पर्धा नहीं:

उद्देश्य, एकता और सहयोग की 40-दिवसीय यात्रा

https://shop.ingramspark.com/b/084?params=5E4v1tHgeTqOOuEtfTYUzZDzLyXLee30cqYo0Ov9941

https://www.amazon.com/COMPLETE-NOT-COMPETE-Journey-Collaboration-ebook/dp/B0FGGL1XSQ/

दिव्य स्वास्थ्य कोड - परमेश्वर के वचन और सृष्टि के माध्यम से उपचार को सक्रिय करने की 40 दैनिक कुंजियाँ, पौधों, प्रार्थना और भविष्यसूचक कार्यों की उपचार शक्ति को अनलॉक करें

https://shop.ingramspark.com/b/084?params=xkZMrYcEHnrJDhe1wuHHYixZDViiArCeJ6PbNMTbTux

https://www.amazon.com/dp/B0FHJT42TK

https://www.amazon.com/stores/Ambassador-Monday-O.-Ogbe/author/B07MSBPFNX पर देखी जा सकती हैं

www.ingramcontent.com/pod-product-compliance
Lightning Source LLC
LaVergne TN
LVHW040440051026
849517LV00002B/694
* 9 7 9 8 3 4 9 6 1 2 6 9 5 *